我不藥

黑洞

黑木瞳　著

Contents...

1

開會再開會，檢討再檢討

王大為開著車在巷弄中尋找位置，瞄了一眼左手上的分針，已經接近「九」了，5分鐘之內再找不到停車位，就會遲到了。

星期一早上，幾乎每家公司的sales都會回公司開會，接受部門經理的教誨。當然前一天晚上更別忘了準備資料，以便備詢。

眼尖的王大為看見左邊車道旁有一輛紅色跑車正在後退，心一狠，方向盤向左一個大迴轉，搶到了位置。拿起右邊座位的公事包，及一個紅色塑膠袋，飛也似地向那棟黑褐色大樓跑去，電梯中擠滿了人，他臉上勉強擠出「職業笑容」，連呼「對不起」也順勢擠了進去。

電梯爬了好久，終於到了14樓！！才剛坐下，部門秘書Angela就來到旁邊，滿臉笑容對著大家宣佈：「Issac請大家進會議室開會！」每個人快速地拿起自己的記事本，急著進會議室搶位子。和Issac開會很累，他一開會可以耗掉2~3個小時，卻了無新意！！不過大家都不敢抗命，他可是公司內最出名的

「笑面虎」！！任何人只要得罪他，就只能「等死」了。

「David，你T大附設醫院先作報告。」Issac下了第一道命令。

王大為清了清喉嚨。

「麻醉科陳強文快要離職了，聽說他那種個性跟科裏的人都不合，喜歡做老大，沒人管得住他。」

「知不知道要去那裏？」

「還沒有明確的消息。」王大為繼續報告：「下個月要開藥委會！」，這時部門經理Pete開了門進來了。

Issac趕快站起來，把「主位」讓給了Pete，自己又在旁邊捉了一把椅子。

「報告到那裏了？」Pete問。

王大為又重覆了一次：「下個月要開藥委會」！

Issac忙插嘴：「有沒有最新的藥委名單？」

王大為趕緊拿出上星期在醫院拿到的名單，傳給Pete及Issac各一份COPY本。

Pete仔細看了名單，對著王大為說：「名單上的人你要一個一個去拜訪，腎臟科黃醫師及心臟科張主任我很熟，這週內我也會去找他們。」

Pete又看了看Issac：「這次開藥委會非成功進藥不可，當初做clinical trial花了60萬元，也送科內2名醫師去美國參加醫學會，贊助了機票、住宿，花了那麼多錢，業績到現在還掛零，

我們是生意人，不是慈善團體，Issac，這些人你也要去跑！」

Issac點點頭，在部門經理面前，他的表現總是很得體又有禮貌，可圈可點。

Issac揚起下巴，示意王大為繼續報告下去。

「泌尿科總醫師說要請住院醫師吃飯，問我們可不可以贊助2萬？」

Issac反問：「上個月不是才幫他們買了一台飲水機？」

王大為無奈地笑了笑：「對呀！可是上週五碰到他時，他又說要吃飯。」

Pete插了進來：「如果有認真幫我們開藥，這筆錢是可以投資啦！」

「David，你認為呢？」Pete問。

王大為一臉苦笑：「報告部經理，其實醫生很聰明，他們會很平均地使用各家的藥，和每一家都保持良好關係，並不會因為這次贊助2萬就特別衝我們的藥，但是……但是如果拒絕或打折，就有麻煩了。」想起每次送「貢品」去醫院，要向醫生鞠躬及表現出「萬分感謝」的樣子，王大為自己不禁起了疙瘩。

就在Issac一聲「好吧！」後，這筆交際費算是口頭申請過關了！！

王大為搖了搖頭，輕吐了一口氣，兩手一攤向Issac示意他已報告完畢。

現在心中想的是要如何安排下午的行程，也或許回去睡個大頭覺吧！！

昨晚去中正機場接張醫師和他太太，回到家都近午夜了，好累又好煩，一個月中總要送機接機跑個8趟呢！

坐在王大為旁邊的Allen翻開記事本，做個很認真的樣子，趕緊接下去做報告，心裏頭只想快點講完，免得被問太多。

這份工作對他而言只當作糊口用，志不在此的。他晚上還在樂團兼差，只等存夠了錢後就全心在音樂界發展。父親早逝，母親在工廠的工作收入有限，他又是長子，為了錢只好忍耐下來。再加上只有五專的學歷，在就業市場上並不吃香。

「心臟外科黃主任問可不可以贊助他的基金會10萬元？」

Pete吐吐舌頭：「為什麼要那麼多？」

Issac接口道：「去年就是這個價碼」「好，這我會處理。」

Allen知道，凡是送錢或送人情的事，Issac一定會親自去處理的。所以他接下去又說：「游正隆說好久沒和你打球了，問你什麼時候有空？」

Issac裝出一臉很無奈的表情，表示自己是被迫去「以球會友」的。交待Allen先約好游醫師的時間後再回來通報。「游醫師還問到他去西班牙開醫學會，要帶太太一起去，眷屬的機票可不可以補助？」「你告訴他，我們只負擔醫生本人的機票，眷屬的部份沒辦法。」「喔！好！」Allen怕自己透露的資訊太少，急忙又補了二條八卦！！

「麻醉科T醫師剛從美國進修回來，姿態擺得很高，聽說他們部主任會升他做外科加護病房的主任！」

「至於涉及性騷擾的S醫師，我們現在也不太敢去拜訪他」

以前一提到S醫師，Pete就口沫橫飛：「啊！我們大學時期是睡上下鋪的，熟得不得了！」

自從S醫師上了報紙，上了電視新聞後，Pete就閉口不提「當年我們……」

其實Allen從別科醫師口中得到許多內幕，但是他想一點一點釋放就好，一下子講完了，下次開會就沒有「八卦」可報了。

Angela正好敲門進來：「Pete，對不起，總經理請您和Issac下去4樓開會。」Pete看了看手錶，竟然已經11點了，兩人和這一群Sales簡單打過招呼後就先行離去了。

2

會後會，資訊透明化

　　會議室中，一下子就活絡了起來。大家交頭接耳，談的不外乎就是公司內部的八卦或是各人負責醫院的八卦了。

　　突然地，小蔡隔著會議桌拍了一下Allen的桌面「喂！談談老猴的老相好吧！」在背後，大家都這樣子稱呼部門經理，不偏不倚，他本家姓侯，人又長得高高瘦瘦的，外加一臉猴相。

　　Allen一聽還有人想繼續討論這話題，大力地咳了一下！

　　整個房間忽然靜下來，每雙眼睛都注視到了他身上。

　　「聽說這個姓S的，早些年前在科裏還有一個小老婆呢！」

　　「哇！好厲害！」女Sales就是沈不住氣，喜歡插嘴！

　　「是個很漂亮的護士小姐，而且科內人人皆知，並不是個秘密！」

　　「天啊！他自己的太太呢？難道……？」

　　「他太太帶著2個小孩，早就移民溫哥華了。」

　　「聽說這位S先生給他太太2條路，一是離婚二是移民，

總而言之，有小老婆天天陪著上班就好了，對大老婆的處置是……離越遠越好。」

「唉！嫁給這種醫生……」女孩子嘛！總是同情弱者的。

「然後呢？然後呢？」

「很不幸地，這個麻醉護士後來也離職了！」

「天啊！在演八點檔啊？」

「因為，這個S先生在院內高層有不錯的人脈，雖然在學術領域上並沒有突出的表現，但是球技不錯，經常和院長級醫師打高爾夫球。」

Allen喝了一口咖啡，繼續說了下去……

「曾經傳出消息，說他將升上科主任，這個小老婆太興奮了，在科內到處放話，請大家多支持，當上科主任後，我們將如何如何……。」

「結果呢？」Joan瞪大了雙眼。

「結果，主任不是他，這個美麗的白衣天使待不下去，走人了。」

「眼見升遷的機會又到了，偏偏在這個節骨眼他又因性騷擾案吃上了官司。」

「太驕傲太自信了，終有一天會踢到鐵板的！」

Allen下了註解。看了看錶，已經中午了，Joan提議大家一起去吃中飯！就在復興北路上的咖啡館見了！

3

人在屋簷下

王大為這群人真的是在「喝咖啡，聊是非」。

在公司內，見到了Pete及Issac都只能笑嘻嘻的，所有下達的命令也只能應聲：「好！」

出了公司大門，可就像脫了韁的野馬，盡情開罵。如果Issac也參加飯局，那麼他會領導大家一起罵Pete。

如果Issac沒參加，那麼大家就「批判」Pete及Issac了。

Issac私底下曾經很懊惱地對同事吐露了心事：「Pete什麼時候才要退休啊？我要等到什麼時候啊？可別讓我等白了頭髮！」

不過這群Sales可不在乎有沒有「升遷」，他們心中想的是這種「跑腿」的工作，何時可以結束？

有些同業轉換跑道，去了保險公司，有的則和醫院的藥局主任合夥，自己獨立當起了小老板。王大為心想，反正「做一天和尚，敲一天鐘！」再聽下去，也不會有結果，想起還有一個塑膠袋的過期針劑尚未填單子，辦理退貨，就先行離去了。

才進入公司，王大為就被老板叫住了！

「David，來，來，幫忙寫一些東西。」

Pete指著桌上一束一束的報表，示意David坐下來。

「國外總公司要來查帳，這些交際費要填寫清楚。」

Pete拿起第一張報表：「像這張要加上醫院及醫師的全名最後再補上P.R.Promotion。」

王大為搖搖手，說道：「我不認識這個醫院的醫生，要怎麼寫啊？」

「唉呀！門診單拿來，抄一抄就好了！」

王大為只好依序拿起那些交際費申報單，補上了

「心臟外科，賴永清主任，P.R.Promotion」

「麻醉科，張益樺部長，P.R.Promotion」

一邊寫一邊唸著阿彌佗佛。

忙了近2個小時，王大為也辦好了換貨事宜，回到座位上正準備收拾桌面，聽到Pete那個門窗緊閉的房間內傳來斷斷續續的聲音。

「……一定要想辦法……健保給付……39元……這是新藥……賣醫院5成……健保局那邊要去運作……」

王大為是個信佛的人，雖然他在藥廠工作，但是從來不吃這些化學合成藥物。想起藥理學第一堂課，教授在黑板上寫下的這個等號 ： 藥＝毒。他永遠烙記在心。

他不准自己的家人吃藥，鼓勵他們多運動，多吃新鮮的

蔬菜、水果，以使身體維持良好的免疫力。想起在醫院大門口，看到那些上了年紀的阿公、阿媽，人手一袋，提回去作「伴手」，心中就為他們難過。醫生如果不開藥讓他們帶回去，他們還會埋怨醫生不盡責。王大為想起一位藥學博士告訴他的一個真實故事：有一個朋友，平日就有吃抗生素的習慣，有一天當他真正須要用抗生素治療時，已經因體內細菌產生抗藥性，而無可救藥了。

王大為嘆了口氣，下了電梯。開著車，在民生東路車流中穿梭著。他仿佛看見滿街的「白老鼠」，在紅燈前停下來，咀嚼了一顆藥後，又往前繼續走到下一個紅燈領藥。

Knowledge is Power. 無知的人只好成為這個商業社會的犧牲品。

我不藥
黑洞

4

年度大會

公司一年一度的員工大會，於宏喜山莊正式展開了。

北、中、南三個分公司的所有人員，都必須參加這個三天兩夜的行程。

大家碰了面，總會探詢一下：「喂！你那邊好不好做？」幾乎都會得到這樣的答案：「唉！市場越來越難搞了！」

王大為就曾向同事提過，那一天他去T大拜訪一位剛升上主治醫師的李醫師，王大為作過自我介紹後，李醫師第一句話就反問他：「你可以給我什麼？」

其實李醫師心裏也在嘀咕著，我可是投資了七年唸完了醫學院，又作了4年住院醫師，對了之前還花了2年當兵，投資了10幾年才有今日的位置坐，天下那有白吃的午餐，你來拜訪我，我就要開你的藥？每天有幾十家藥廠的Sales在醫院中穿梭，我有太多的選擇權，如果你沒有特別的「貢獻」，我那看得上眼啊？？

「你可以給我什麼？」

另一種說法就是「你要怎麼投資我？」

　　Jane聽完了王大為的描述，抬了一肩膀，那有什麼大不了的？Jane繼續說下去：「那天我去拜訪了戴P，他丟了一份key words給我，要我幫他查些文獻。」

　　Jane吞了一下口水：「過了半小時，我在醫院lobby碰到lieso藥廠的馬小姐，她說沒時間和我多聊，因為她趕著要去Fax，我拿起她手上的東西，一看，這……這不是剛才戴P才交給我的key words嗎？」

　　Jane笑了笑：「接著我對馬小姐說，看來有人要測試我們的速度喔！」

　　王大為接著問：「馬小姐怎麼反應這件事？」

　　Jane深深地吸了一口氣：「還好我和馬小姐交情還不錯！兩個人約好，就裝模作樣吧！我們都去做這件事，反正是花公司的錢又不是花我們自己的錢！」

　　王大為搖搖頭，想想只能用「世風日下」來形容了。這時王大為看見Jenny從停車場走了進來，趕緊叫住她，

　　「Jenny啊！實在不好意思，本來我不是拜託你幫我出席泌尿外科的聚餐嗎？我告訴總醫師，當天我另外有事會請另一位女同事來付帳時，他瞪大了眼睛，對著我說，我們還要去Second Round耶！你找一個女的來幹什麼？所以囉！Jenny，這件事就不必麻煩你了。」

　　Jenny心想，多一事不如少一事，不必出席更好。

　　在Jenny剛進公司時，本來想爭取去跑一家離家較近的醫

院，被主管一句話頂了回來：「你一個女人，有辦法去男廁和醫生算錢嗎？」這名男主管瞇了一下雙眼，繼續說下去：「而且你去藥局查得的開藥量如果和醫生本身的記錄不符合時，進廁所一分鐘也不見得出得來。」Jenny左手按了一下胸口，原來，當個女人也挺受限的。

下午1：30開始的會議，幾乎就在昏昏沈沈中熬了過去。

彷彿聽到了總經理拿著麥克風大力唱著：「我們只作第一名，絕對不做老二！」空氣中傳來了陣陣回音，業績衝第一，第一，第一，……。二十億……二十億……。

吃過了晚餐，大家分頭去找樂子。有人去健身房，有人去卡拉O.K.搶麥克風，也有人去打聽游泳池幾點關。Lucy和Lisa兩人好久沒見面，邊走邊聊，正在盤算著，是一起去洗三溫暖呢？還是和大夥兒一起去唱歌。這時忽然看見高雄分公司的黃經理正在打公共電話，還有說有笑的呢！Lisa翻了一下白眼，瞪了一眼她的主管，作出嘔吐的表情。Lucy可就丈二金剛摸不著頭腦了，這黃經理形象好得很，他得罪了誰啊？

Lisa把Lucy拉到一旁，娓娓道來：「你們在台北，消息實在太慢了，你別看他一付很老實的樣子，可是會偷吃的呢！」Lucy聽得張大了嘴。

「快說，快說，什麼內幕？」

「你就不知道他和那個女的有多噁心，還不怕人家知道呢！那個女的，公司就在我們樓下，兩人中午經常一起出去

吃飯，我們如果也在公司，通常也會一起去！」

「一起吃飯又怎樣？」

「唉呀！你就沒親眼瞧見他們之間那種親密的小動作，她好會對他撒嬌呢！還會夾菜給他吃呢！好噁心呢！」

Lisa看了看Lucy的反應，繼續說下去：「反正他妻子、小孩都已移民美國，天高皇帝遠啦！」

Lucy還是不相信，很疑惑地問道：「每年公司舉辦尾牙，他都帶太太一起出席，看起來對太太不錯呀！」

Lisa看看Lucy一臉清純的模樣，也懶得再說什麼啦！自言自語道：「那隻貓兒不偷腥？」

這時Lucy的呼叫器響起！記不起這個號碼是誰的？不過總要快點回call啊！！

Lucy先跑回房間，回頭指指Lisa又指指自己，暗示Lisa回房間碰面。

Lucy撥了外線電話，那頭一個男人的聲音：「喂？」

「嗨，我是美華，請問您是……」

「我是張修堂啦！」

「喔！好久不見！有什麼我可以幫忙的嗎？」

張修堂是Lucy的大學同學，畢業後又再去唸了醫學系，現在在這家大型公立醫院當住院醫師。

張修堂在大學時期就很用功，而且人又善良，同學都很喜歡他。之前Lucy才和他一起敘舊，談了好多往事。不過這

時會呼叫Lucy，顯然有急事。

「喂！同學，我們科裏的總醫師王光漢下令住院醫不准用你的藥。我看你要趕快想辦法。」

Lucy這才想起王光漢上星期開口向她要錢，而她因為這個月已申報太多費用，怕公司說話，請王醫師包涵一下，緩一陣子的事。

「修堂，謝謝你告訴我這件事，不過這2天我在開會沒辦法回台北，週四我會去醫院處理。」

Lucy掛上電話，眼前好像站著一個穿白袍的黑道份子。

Lucy也無法再晃了，再加上上午開了長途車，此時的她，累到只想躺著不再起來，Lisa還想去外面熱鬧熱鬧，Lucy送走Lisa後，洗了個熱水澡，迷迷糊糊地睡著了。

5

成功出擊

電話鈴聲大作，Lucy勉強撐開左眼皮，看了一下茶几上的電子鐘，原來是7點鐘的morning call，抬起左手拿起了話筒，又馬上丟了下去。

「Lisa，快起來，還要去吃早餐呢！否則8點的會議會遲到。」只聽見Lisa喔了一聲，Lucy衝進浴室洗洗刷刷一番，出來後，見Lisa已經穿戴整齊了。

「你的動作可真快。」Lisa笑了笑：「大概是平日訓練有素吧！」7點25分，二人已下樓享受著自助式早餐。

這早餐可真豐富啊！要什麼有什麼。果汁，牛奶，紅茶，咖啡，煎蛋，吐司，中式粥品，穀類早餐，水果切片，……這時的Lucy可真是心滿意足呢！

覺得自己怎麼這樣好命！真不敢相信，竟有人繳不出健保費。

今天是第二天的行程，各部門各自有一間會議室，由各部門經理負責主持。換言之，不必再聽到總經理的口頭禪：「只做第一，不做老二！」。

　　8點一到，Pete拿起了麥克風，揚起嘴角，對大家道了聲：「早！」台下稀稀落落的「早！」，「早！」。

　　這時，Pete更用力地吼了一聲：「大……家，早！」

　　不虧是一群幹業務工作的年輕人，反應奇快地，異口同聲回答：「Pete，早！」Pete笑得更燦爛了！

　　「報告各位同仁一個好消息，我們公司的新產品Klincine已通過健保局的審核，健保給付價是39元。」

　　台下又是一陣騷動，「哇！好厲害！」不知從那裏冒出這一句讚嘆詞！

　　「公司已經好多年沒有新藥上市了，光靠那些舊產品是沒有辦法撐下去的，而且，你們知道的，每年去跟醫院簽新合約時，價錢都還會被砍，換言之，業績會一年一年萎縮，如果沒有進新產品，業績是沒有辦法成長的，美國總公司要的就是業績，其他的，他可不管你怎麼搞！」

　　Pete得意地笑了一下，又繼續著：「健保局那邊，我們公司高層都已經打點好了，接下去就要看你們的表現了，北部各大教學醫院一定要先進藥，中、南部中小型醫院才有辦法跟進。要追蹤一下各醫院開藥委會的時間，務必在那之前把所有相關資料送到藥局，並且要確定安全排進議程中。」

　　Pete將全場掃瞄一遍，繼續緊握著麥克風，「靠著這個新產品，我們才能擴大市場，而且可以使用的科太多了，呼吸胸腔科，內科，家庭醫學科，皮膚科，小兒科，耳鼻喉科，

……市場就在那裏，等著你們去表現！」

空氣凝結了3秒，「有沒有信心？」無人回答，只好提高分貝再問一次：「有沒有信心？」「有！」「有！」之聲此起彼落！只聽見Allen又補充了一句：「太有信心了！」這時全場大笑，鬧成一片。Pete趁著這個空檔把麥克風交給了Issac。

「業務部門的同仁們，大家辛苦了。可以想見的是，接下來這一年是充滿了挑戰的。已經有好多年沒有新藥上市了，左盼右盼地終於讓我們給等到了！而且健保給付已經通過了，更加強了我們推廣市場的信心。也相信各位早已佈線完成，摩厲以須，正在迫不及待呢！公司內部也設計好了一套完整的Q&A，在今天一整天的新產品訓練會議中，我們會為你們一一帶入。當然啦，要推市場，首要條件就是醫院要先進藥，巧婦難為無米之炊，各位均身懷絕計，但是也要給你們武器啊！現在正是各位展現實力的時候了，養兵千日，用在一時，平日在醫院培養的人脈，所作的各項投資，漸漸要派上用場了！我在這裏要求各位務必要熟讀這個新產品，以免到了市場一下子就被考倒了！！各位要掌握住開藥委會的時間，以免失去進藥的大好機會，要等下次，可又不知何時了。」

業務經理訓完了話，就由產品經理負責做產品訓練了。

「Hey, don't be a fred！」台下又是一陣大笑。

Fred, 是產品經理的英文名字，他總是喜歡用「don't be afraid」的諧音來開開玩笑！

「各位，公司的生存掌握在你們手上！」

「您可別小看這顆黃澄澄的膜衣錠喔！早上一顆，下午一顆，不影響您的睡眠，又不會引起腸胃不適，最重要的是，您吃得越多，我賺得越多！」台下一陣爆笑！

「這可不是玩笑話！」他裝出一臉正經樣！

「以平均給醫院折扣5成來看，醫生開給病人7天份，共14顆，可以為醫院賺進273元，而我們當然也賺進了273元！反正台灣人喜歡吃藥，一點小感冒也要去拿個藥，所以我們鐵定是玩不完啦！如果在美國，生意可沒這麼旺呢！」

王大為想起山姆大叔傾銷的各種商品，為了保護自家的農業經濟，到世界各國去販賣「炸薯條」，還好，美國仍有一些有良心的團體，公佈了一項研究報告，「薯條經過高溫油炸，會產生致癌物」，這項報告提高了一般百姓的警覺性。

在美國本土，薯條銷售量確實已節節下降。

另外那個標榜「德州牛仔」的香煙，靜靜地當著隱形殺手，越多人得到肺癌，表示香煙公司生意越好。在商業社會中，要當個聰明、有智慧的消費者，可別傻乎乎地犧牲自己的健康，卻成就了別人的「商業利益！」

一位熟識的醫生，也曾感慨地對王大為說：「有什麼辦法？不開點藥給病人，下次他就不來了，明明是不必吃藥的，所以囉！洗腎中心越開越多，三班次一直洗，也洗不完，吃藥吃壞了腰子啊！」

正在神遊時，忽然感覺有人拍了他的肩膀，轉頭一看，原來是Pete，Pete向他招招手，引他走向會議室外。

「David，你對你的醫院進藥方面，有沒有什麼問題？」

「報告經理，謝謝您平日的幫忙，那些key person您都那麼熟悉……」王大為嘴巴甜得可讓Pete心花怒放呢！

「您又是T大傑出的校友，遇到困難報上您的大名，一定迎刃而解的啦！」Pete笑得差一點沒把早餐噴出來。

「就像您平日一再叮嚀我們的，點、線、面都要顧好，機會來時，才能一網打盡！」

Pete直點頭，嗯！一定會給你機會升遷的，這麼好的手下，這麼優秀的人才。

「好！聽你這麼一說，我就放心了，接下去就看你的表現囉！」說了聲「謝謝」後，王大為轉身進了會議室。

不一會兒，又見到Allen被Pete叫了出去。

「Allen啊！你那醫院很重要喔！藥劑部那邊要用心下去跑喔！你去部主任那邊先探一下風聲，看看要折扣幾成才願意進我們的藥？」

「喔！有啊！有啊！都持續地在運作呀！」

「現在就是這個新抗生素最重要了，其他的二十幾種產品，都包含在合約中，是total package的，不必擔心，醫院也不能隨便換掉我們的產品，不過這個新產品，尚未納入合約中，所以要麻煩你多用點心囉！」Pete在有求於人時，說話都

很溫柔的。在Pete身邊工作過的人,一般壽命是3至5年,除了Issac之外,沒有超過5年的。Issac自有其一套生存之道,他懂得握緊自己在市場上的人脈,一絲一毫不放鬆,讓Pete不得不在部份議題上仰賴他。Issac更懂得不時釋放一些小道消息,讓Pete誤以為全公司只有他對Pete最忠心。

Allen是個反應很快的年輕人,就在Pete對他說話的三十秒之內,他的腦海內已上演了一齣「現代宮廷劇」。

正想回答:「謝皇上,小的不敢!」

定睛一看,眼前這個男人沒穿黃袍,而且剛才好像還夾雜了幾個英文字。趕緊改口:「Pete,您別客氣了,這是我應該做的!」

Allen自從接了這家醫院後,只感覺自己開車技術進步很多。其他好像沒啥長進。一下子跑基隆分院,一下子跑林口,每當他上了「國道」,最喜歡放的那卷錄音帶就是「我的未來不是夢」!!

Allen喜歡玩音響,玩音樂,眼前的這份工作好像埋沒了他的天賦。Allen自嘲是「野雞車司機」,小蔡自稱:「比計程車司機還不如」Lucy則自爆:「還得替醫生太太跑腿!」

看見Allen好像在發呆,Pete拍拍他的肩膀:「Allen啊!這個藥如果採購了,你的功勞最大啊!」

聽到這句話,Allen知道在這家公司的壽命快結束了。

黃帝總是把勝戰歸來的將軍,下放到邊陲地帶,放在身

邊有安全上的顧慮啊！

　　千萬不可以喜孜孜攬下成果：「Pete，您跟部主任那麼熟，如果成功進藥，一定是看您的面子的啦！」

　　Pete哈哈大笑，這種蜜糖不會傷到法瑯質的。

　　Allen正想回會議室，又被Issac叫住了。

　　「Allen，有一件事要麻煩你。剛剛秘書打電話給我，跟我說，有兩箱藥品已送到公司了，明天開完會，回台北大概太晚了，後天早上麻煩你進公司拿一下，然後送到林口去！」

　　Allen愣了一下，送貨？不是由送貨部門負責的嗎？

　　Issac再繼續解釋下去，「我們每送一批貨，同時都還會贈送好幾箱免費贈品，是不含在發票中的，但是因為上週剛好缺貨，所以少送了2箱，要麻煩你補送！」Issac瞄了一下週圍，又叮嚀Allen：「千萬不可讓別的sales知道這件事！」

　　忽地，會議室的門打開了。

　　一窩蜂的人跑了出來，有人忙著跑廁所，有人忙著打電話，也有人忙著倒咖啡，拿蛋糕。

　　Issac看看人太多了，不便再說下去，就拍拍Allen的肩膀：「就這樣子啦！謝謝你！」

　　Lucy上完廁所回來，看見業務經理在倒咖啡，趕快湊上前去：「Issac，我跟您報告一下，麻醉科王光漢下令住院醫師不准使用我們的產品。」

　　「從那兒得來的消息？」

「我同學現在在裏面當住院醫師，昨天晚上，他call我，告訴我這件事，一定是他要錢，我希望他緩一下，讓他不爽吧！」

「天啊！這什麼醫生啊？」Issac皺了一下眉頭，繼續道：「每年年終晚會給十萬，還不夠啊？為什麼每隔一、兩個月就要再討？」

Lucy很無奈地回答：「一年內，有5、6個人要輪流當總醫師，幾乎每個人都會討啦！」

Lucy又補充道：「也不一定啦！有總醫師就跟我說，該用的就會用，他不想跟廠商有金錢上的往來，當然也有人認為，我們用你們公司的產品，使用量那麼大，你們贊助一些費用是應該的！」

聳聳肩膀，Lucy繼續說：「就看你碰上什麼樣的人囉！」

Issac問：「那你決定怎麼做呢？」

Lucy輕輕一笑：「先向您預支囉！然後再去找他們部主任談一下吧！他們部主任很好，很正直，很好溝通的！」

「好吧！那你就這麼做吧！」

謝過了業務經理後，Lucy就如釋重擔地倒了一杯紅茶，又調了2粒奶油球，順手塞了一片小餅乾，吃了起來。台中辦公室的小徐，用手肘敲敲Lucy的手臂：「嗨，最近還好吧？」

Lucy轉了一下眼睛，把小徐拉到角落去。

「唉！那你呢？還好吧？」Lucy眨了眨眼。

「唉！還不就是這樣嗎？」小徐是個好好先生，講起話來斯斯文文的，很少用一些爆炸性的字眼。

Lucy側著頭，好奇地問小徐：「喂！聽說大陳經常在轉賣營養品，賺取利潤？」

小徐用指尖敲敲Lucy的頭：「小孩子問那麼多幹什麼？」

「唉呀！講一下會死喔？」

「在這裏上班，不要知道太多事，知道越多，死得越快。」

小徐提醒Lucy：「更何況，以大陳的年紀，他總是希望能多賺點錢嘛！他一卡車一卡車地賣，乾淨俐落，也很難找到證據呀！Issac當然也聽說了，不過，每回Issac來台中出差，大陳總是把他『按耐』得很好，保證讓他舒舒服服地回台北。你也知道Issac這個人，不然『笑面虎』三個字怎麼來的？」

小徐把頭向左向右各轉了90度。

「Issac這個人耳根子軟，喜歡聽好聽的，只要多拍他馬屁絕對沒有錯，馬屁拍得好，就算你業績沒有到，他也會替你找台階下，你難到沒耳聞這次第一批去義大利旅遊的人回來議論紛紛的？Jason一直替Issac提包包，當他的貼身書僮，把他服侍得像個大爺，回來後，Issac不停地讚美Jason是個有前途的young man呢？」

Lucy聽到快吐了！！

小徐笑了笑：「人家可是很會『吃頭路』的呢！」

講完後，又急急忙忙交代Lucy：「剛才有關大陳的事，可別說是我講的喔！是你自己在台北辦公室聽來的喔！」

Lucy把食指放在嘴唇中間，噓了一聲，應聲道：「我知，我知！」

「但是有關笑面虎的事，你還沒說完啊！」

小徐揮揮手：「這話題太敏感了，別在這裏談嘛！有機會的話，改天再說！你剛剛跟笑面虎在談些什麼？」

「唉！還不就是麻醉科的總醫院下令住院醫師不准用我的藥嘛……」

「一定是不小心得罪了他，讓他記恨在心，我告訴你喔！他不是第一個這麼做的醫生，當然也不會是最後一個！醫生的姿態都擺得很高的啦！尤其在廠商面前。你不給他一點好處，他才懶得看你一眼的啦！那一家廠商敢得罪他，他就施用一點小小的權利，讓你吃不完兜著走，封殺你的產品！下面的住院醫師可不敢抗命呀！這就是『人性』啦！教學醫院也是一樣的啦！」

小徐在這個圈子太久了，早就見怪不怪啦！

「小徐，你說得對，真的是人性！上一屆的總醫師鍾蕙如不也嚇了我一跳！有一天，我去他們辦公室，你知道她怎麼對我說嗎？」

「『星期五，我要和我的兩個朋友吃飯，你也一起來。』當時，我愣了一下，心裏覺得挺不舒服的，你和朋友吃飯干

我屁事，旁邊的秘書偷偷瞄了我一眼，我才反應過來，是要叫我去當凱子呀！我的媽呀！這麼年輕的女醫師也好敢呢！」Lucy邊說邊敲自己的「凱子頭」！

小徐被Lucy的舉動與口氣逗得哈哈大笑。

Lucy一聽這笑聲，自己也不禁覺得funny。

「政風室到處貼的那面告示牌，肅清風氣什麼的，不知道要貼給誰看？」Lucy又繼續問：「你們台中分院應該也有貼這塊『壓』……『剋』……『利』吧？」

小徐不明白為什麼一塊平凡的「壓克力」也可以唸得這麼用力，音又拖得這麼長？

Lucy用食指重重地掐入小徐的上手臂！

「壓！壓！壓死你」「剋！剋！剋死你！」「利（你）！利（你）！利（你）！」兩人又是一陣大笑！

「Lucy，有沒有看到昨天的報紙？」

「怎麼了？」

「有幾篇文章報導了醫界的紅包文化。」

「喔！那個啊！寫得很白，只差沒寫出醫生的名字！」

「你認識嗎？」現在可換成小徐急著想探內幕了。

「當然認識，其中一個不是收了5萬元紅包，又被病人舉證申訴嗎？那個醫生很喜歡『嫖妓』呢！」

小徐哇地一聲：「Lucy，看來妳也不是省油的燈，知道這麼多！」

　　「有的醫生人不錯，會提醒女業務，跑他們內科就好，不須要去接觸外科。」Lucy淘淘不絕地繼續說：「最好笑的是，報紙上寫的那行句子『醫師告知家屬，出院後，不要再掛我的門診了』！真是笑死人了，家屬都看破他了，怎麼可能再去掛他的門診！」

　　「真是一個幼稚的白痴醫師！」Lucy忿忿不平地又補了一句。

　　嘆了一口氣，Lucy又道：「或許這些醫生是想給自己一點補償吧！熬了那麼多年，終於媳婦熬成了婆，當然能撈就撈。我曾聽說有一個主任級的醫生，因為不滿意一個住院醫師所寫的chart，當下就整本資料往窗外一丟，夠羞辱了吧？住院醫師也只好摸摸鼻子跑到一樓去撿！這個住院醫師，有一天翅膀硬了後，也有可能在病人，在廠商面前，展露他的威嚴跟派頭啊！你想，有沒有道理呢？」

　　「對呀！而且他們的心態就是，你們是來求我的！你要我幫你開刀，可以啊！拿錢來換，換我的技術，換我的時間！對廠商的心態也是一樣啦！要我開你的藥，可以啊！有的是直接算『回扣』，開多少算多少，有的是要吃飯，叫你來買單，更甚者，直接把消費發票丟給你，事前講都沒講一聲。也有的，自己找了2個朋友，通常也都是醫生啦！然後告訴你，要湊4個人一起去打高爾夫球，當然啦！打完了球又要吃個飯，一天下來，2萬元又不見了，他做他的人情，你只是個

付帳的，千奇百怪，無奇不有啦！反正他就是捨不得花自己的錢！」

小徐才吞了一下口水，Lucy又搶著講：「那報紙說，有一個心臟科名醫，紅包價碼是30萬，不過我還聽說有一個真正的高手，價碼是50萬。」

小徐睜大了眼：「誰？誰？」

Lucy停頓了一下：「嗯……，不能說，真的不能說。」

快速地換了一個話題，岔開了小徐的好奇心：「小徐，你想5年後，你還會在這裏嗎？」

小徐搖了搖頭：「別開玩笑了，這種工作壽命很短的，做一年兩年還可以，就當作出來磨練磨練吧！」

Lucy點點頭，忽然看見產品經理在揮手，吆喝大家進會議室繼續進行訓練。

「好吧！小徐，晚上有空再聊囉！」

一整天下來，訓練經理不停地重覆，產品的優點，特色，健保給付價，和競爭品的比較，如何推廣，如何回答醫生的詢問。Lucy的腦袋鬧烘烘的，只記得訓練經理結尾時拜託大家要好好衝刺之類的，國外總公司要求一年要賣幾百萬顆啦！不然他會被「電」啦……等等的。

6

狂歡之夜

　　第二天的晚上是大家最relax的時候了。想想看，也就只剩下明天上午半天的會議了，頂多嘛！就是討論一下業績，有人被電一電，有人被褒獎一下，終究還是熬得過去的。全公司的人都聚在disco pub裏。奶粉部門的小惠仰著頭陷在沙發中，好像很累的樣子。坐在一旁的Linda卻喋喋不休地一直對小惠說話，還不時拿起右手鳴著嘴，不知道是怕小惠沒聽清楚，還是怕旁人聽到了重要內幕。

　　「小惠，我知道現在奶粉很難跑！但是我們公司主要就是靠奶粉的業績在撐啊！總經理在美國總公司那邊很紅，原因就是他把奶粉部門的業績搞得很好！！而且你也知道，在台灣市場上，我們絕對要求市佔率第一名，怎麼可以輸給Mead牌？」

　　小惠點點頭：「可是，壓力太大了啊！」

　　「小惠啊！只要你的工作和業績劃上等號，就一定充滿了挑戰的！除非你轉入內勤，不過，薪水可是差很多啊！你想想，你現在領了底薪，又有業績獎金，公司給你35萬無息

貸款買車，油錢，交際費都可以報帳，有那一種行業有這些福利啊？」

「小惠！天下沒有白吃的午餐，反正這份工作也只能趁年輕時出來闖闖啦！

等到你超過35歲，底薪越來越高時，公司自然而然也會幫助你走路的！在外商公司就是這樣子啦！去年，公司大地震，處理掉了30幾個資深員工，要搞啊，手法很多，只要每搞一次，公司一年可以省下好幾百萬的人事費用！！請些年輕貌美的女sales來跑市場，物美價廉，意見又少，很好用的啦！」

「小惠，反正呢！你就好好作，別想太多，如果有困難，我們可以隨時討論！」

前面的舞池中，五光十色的霓虹燈閃爍個不停，有2個人各拿著1支麥克風在合唱著梅艷芳的「親密愛人」！！旁邊有一堆人在伴舞，每個人都High到了最高點！大樹底下好乘涼，進大公司就是有這種好處，吃、喝、玩、樂，一樣也不缺！！

7

忙碌的一天

「鈴！鈴！鈴」鬧鐘大叫！

Jenny不情願地把雙眼睜開，右手掌用力拍一下鬧鐘，順便罵了一句「幹！」

昨天晚上近12點才回到家中，一大早才6點半又要起床了！！Jenny痛苦地在床上翻了又翻，心想，這工作真不是人幹的！！昨晚去中正機場接機，那知道李醫師的班機delay了2小時，接到李醫師後送他回到仁愛路的住處，再開車回家，已是半夜！！

真羨慕那些朝九晚五的上班族，至少可以在家中安安穩穩地吃晚餐吧！而這一群從事業務工作的藥師，卻除了不必包藥之外，其他什麼都要會，說他們擁有三頭六臂也不為過！！而且除了是「藥師」身份外，還有其他分身呢！

第一種分身，叫做「司機」！！只要有醫師要出國，他們就要負責接送機，開車技術絕不輸於有職業駕照的司機。有一次吳醫師的太太要出國，也是Jenny送去機場的！！才好笑呢！到了機場，check in時吳太太才發現少帶了一份重要證

件，Jenny只好飛車又送她回石牌拿證件，再飛車趕回機場，吳太太運氣不錯，順利登上了飛機，Jenny可就啞巴吃黃蓮，有苦說不出了，飆車的結果，她吃了二張超速罰單，共要繳交國庫12,000。

第二種分身，叫做「baby sitter」。Jenny就曾經幫腎臟科的楊醫師，照顧過小孩，因為她太太那天要出門，帶小孩子嫌麻煩，就丟在家裏，反正楊醫師和Jenny很熟，就順勢叫Jenny去幫忙了！！

第三種分身，叫做「交際花」。吃飯，應酬可真是家常便飯啊！！中午吃便餐，晚上吃大餐，一個星期大概有三天要吃到晚上１０點多才能回家！！挺著一肚子的油水，匆匆洗過澡，才帶著一身的疲憊上床！！所以啊！！Jenny老覺得身體狀況越來越差，長期慢性倦怠，過多的飲食也造成睡眠品質不佳，Jenny在這家公司才待了三年卻感覺老了１０幾歲！

第四種分身，叫做「雜務工」。有一次腎臟科的劉醫師急電Jenny，要Jenny去他家找劉太太，因為劉太太要找人替她跑腿去監理處辦國際駕照！有一次劉醫師的車子壞了，需要送修，也是Jenny幫他開到修車廠去，因為劉醫師說他很忙，沒時間去處理這些雜事！！又捨不得讓太太去煩惱這些事，所以呢！就找最熟悉的Jenny了！！

想著想著……

Jenny從床上跳了起來，搖一搖頭，強迫自己醒來，先面

對自己今天的行程吧！幾種分身都不重要啦！今天早上要趕到門診去發飲料！！門診8：30開始，8：20就要把10個門診的飲料發完，醫生及門診護士都不可以漏掉。

Jenny起床，梳洗過後，拿起公事包就直奔下樓，可惡！天氣這麼冷，發動車子還要warm up一下，又花了5分鐘！！車子停在超市門口，Jenny衝進去抓了２５瓶「可喜」果汁，回到車上，把公司的產品標籤一一貼在果汁瓶上，一切準備妥當了，才又啟動往門診大樓開去！！

從台北到石牌，這一條路，Jenny走了三年，對這裏實在太熟悉了！那天日報上出現了一個斗大的標題：「醫師集體索賄」，Jenny笑了笑，有什麼值得大驚小怪的，醫師也是人啊！！君子愛財取之有「道」啊！！道就是門路，道也分「大道」與「小道」！！

8

君子愛財取之有「道」

大道適合資深的醫師，例如主治醫師，主任級醫師。

掌握了「ＸＸ外科基金會」的主任醫師就要負責向廠商募款，大廠商一年捐１０萬，小廠商一年捐５萬，加一加，一年可以為基金會募到４.５佰萬，理事長做了一年，風風光光為這些醫師解決了不少問題，年底還有盈餘辦望年會，再移交一筆盈餘給下一任理事長！反正我一個大主任一旦開口，沒有一個廠商敢不就範的。

小道適合年輕的醫師，例如總醫師，向廠商討個幾仟到數萬元不等的，可以請下面的住院醫師吃飯。年輕的住院醫師通常是工作最繁重，也是胃口比較小的一群人！！有廠商提供一些免費的Sample用用或是請個飯局就很開心了，等到翅膀硬了，講話的口氣及胃口可就不一樣了！！

9

望年會

每年一到歲末，公司就得加緊編列預算，以應付各醫院各科室的要求。通常各科是由總醫師負責向廠商開口，要求贊助望年會。總醫師會評估科內所使用的藥品及儀器供應廠商，使用量大的廠商，理論上賺得也比較多，所以應該多付一點，較小的廠商，當然就付少一點囉！這邊要一點，那邊討一點，加起來也有數十萬，辦個風風光光的望年會，要讓科內所有醫師，護士吃得好，又有禮物可以帶回家。

從北到南，全台灣有多少家教學醫院，地區醫院啊！！涵蓋的科別從麻醉科，感染科，腎臟科，藥劑科，小兒科，呼吸胸腔科，心臟內科，心臟外科……林林總總加起來要編列５００條預算呢！反正台灣人喜歡吃西藥，這個藥品市場蓬勃發展，藥廠利潤好，財團醫院更大賺其錢！財團醫院左手向廠商要求降價，右手向健保局要錢，一來一回每一顆藥就賺了至少5成！！健保局做莊，向「全民」收錢，遇到遲交的人民就寄一封「行政訴訟」掛號到他家，嚇嚇小老百姓，看看他敢不敢不交健保費！

　　這個星期一，每位業務代表報告完畢後，呈報給上面所需的望年費贊助費用。部門經理一看⋯⋯吐吐舌頭，Allen申請了１８萬，Jenny申請了２５萬，Gary申請２２萬，每年都要付出這麼多金錢贊助每年一次的望年會，如果加上每個月各業務代表申報的交際費，平均一個業務代表一年下來要花掉５０萬以上的公關費用！部門經理想了想，在行事曆上記下Note，「要約談各業務代表，評估其目標管理是否已達成」！！羊毛出在羊身上，對業務代表是如此管理，對醫院各科也是一樣的邏輯思維！！你敢花錢就要有相對回報，你敢討錢也是要有相對回饋啊！

10

總醫師

一般人都以為「總醫師」很大，其實總醫師也是住院醫師，工作量很大，對外要應付來往的廠商，對內要負責安排住院醫師的值班問題，還要服侍主住，稍有差錯就會被罵得狗血淋頭！！

總醫師這一年做完後，如果科內有主治醫師的缺，而且也博得主任的喜歡，才能在此升上主治醫師。否則就要自己去找頭路了，看看其他醫院有沒有缺額，再去面試看看了。醫生這個行業，其實和其他行業是差不多的，也會面臨升遷，失業，競爭等等的壓力！不過畢竟能唸到醫科的人，功課一定很優秀，能夠讀七年順利畢業的人素質一定不差，雖然頭腦素質和人品並不會劃上等號，不過頭腦素質比一般人好就夠使人自覺高尚了！也難怪驕傲的醫生一大堆！！更違論什麼「視病猶親」了！

Jenny的媽媽曾經因為退化性關節炎去看醫生，醫生對她說：「回去，回去，這個沒救了！」不過，後來，她卻靠著自然療法解決了這個困擾她許多年的毛病，但是她從此對醫生很反感！

11

生意人

醫生是人,更是生意人!如果你去整型外科診所要做雙眼皮手術,醫生會建議,你連鼻子整型一起做,因為這樣子一來業績加倍!!等你上了手術台,醫生會再告訴你,你的眉毛下垂,會再建議你找個時間來拉皮。一切都是為了業績,為了金錢。如果你的膝蓋關節沒有好好保養,退化了,醫生也可能建議你換個人工關節,等你換好了人工關節,你會一直感謝醫生,甚至事前或事後包個紅包給醫生,當然器材廠商也會一直感謝醫生也會在事後包個紅包給醫生!不管如何,醫生總是最大的贏家。或許你根本可以不必換人工關節。

王大為就曾順應一位醫生的要求,幫他找發票,因為那位醫生所申請的國科會的研究經費用不完,需要一些發票來報銷,王大為只好去跟熟識的書商買發票,連5%的稅都自己貼了!!所以要應付這個族群的人還真需要十八般武藝呢!

說到買發票這檔子事,曾有一位泌尿外科的吳醫師因有私人用途,向王大為索討15,000現金,王大為為了向公司報

帳，也只好自己去買發票了！

　　醫生都明白廠商有交際費可以報帳，也知道可以從那家廠商拿到免費的奶粉或維他命製劑。事實上，在廠商一出現在醫生面前時，醫生已經做好了評估，如果經常出現有１０家廠商，這１０家廠商的定位絕對不一樣！！有供應免費Sample的，有負責機場接送的（因為這個業務代表的車子比較大），有負責找醫學文獻的（因為這個業務代表最快交件），有負責送奶粉的（因為這個業務代表的公司有免費的奶粉可以用，而且他會直接送到醫生家，不會笨笨的送到醫院來）。

12

閒人免入

　　這家大型的教學醫院就快要開藥委會了！！感染科的門口早已掛上「閒人免入」的牌子！！感染科的主任是藥委會的委員之一，這次要申請進藥的廠商有二十幾家，每家廠商平均有３個人來辦公室拜訪主任，主任要應付這六、七十人可真覺得疲乏呢！乾脆接受這些主治醫師的建議，先掛上牌子再說吧！至少可以擋掉一些比較不熟的廠商！！反正主任心中早已有譜，早些年「關係」作得深的廠商，今天主任才會幫忙，所謂魚幫水，水幫魚是也。

13

醫生作家

T大醫學院附設醫院的麻醉部內。

主治醫院曾醫師的桌上電話響起來了。

「曾醫院，主任請你到辦公室來一下。」小雯是主任的秘書，平日幫主任打打電話，打打字，當然也幫主任跑跑腿。主任的陰晴圓缺，小雯掌握得恰如其份，所以在此已待超過１０年，大概無人能出其左右了。

小雯輕輕敲了主任辦公室的門，聽到裏面有了回應後，才輕輕推門入內，將曾醫師引入室內後，小雯快速轉身出去了，她心中早就有底，知道主任要和曾醫師談什麼事。小雯很會察言觀色，從主任平日不經意的碎碎唸中，她也知道主任在不爽什麼。

「曾醫師，不要客氣，坐！」各科的主任都大權在握，下面的主治醫師都小心翼翼，深怕一不小心阻礙了升遷的機會！！

「謝謝主任！」曾醫師等主任坐定後，才敢坐下來。

「曾醫師啊！你很優秀，全國首屈一指的醫學院畢業，

現在又拿到博士學位，在麻醉醫學領域中是數一數二的菁英啊！」

曾醫師臉上勉強擠出一絲笑容，他心中明白，主任的習慣一向是先禮後兵啊！

「不過……」主任話鋒一轉，臉上的表情也馬上嚴肅了起來。

「當一名醫師，要專心與用心，唉！其實做任何事情都一樣啦！不要讓別人有不務正業的印象啦！曾醫師，我想你應該明白我的意思！」

曾醫師沈默不語，他知道主任的主觀很強，再多的解釋都是多餘的！畢竟他算是主任的屬下，何必和當權派槓上。

「一個人一天只有２４小時，再怎麼擁有三頭六臂，也一定會影響到本業的，你說是不是？」主任繼續講下去。「所以，你是不是要考慮一下，減少外面的活動？」

曾醫師很有才華，也是一位新銳作家，作品屢獲好評，當然新書一本接著一本生產，也有不斷的新書發表會，或上電視接受訪問。大家都知道曾志堅的大名，卻沒有幾個人知道王主任的大名，除了那個圈子的人以外，走在馬路上，不會有人向王主任索取簽名吧！

曾醫師早有小道消息，聽說主任對他的名氣很吃味，認定他愛出鋒頭，只把醫師的工作當成副業。

曾醫師雖然覺得莫名其妙，但也無可耐何？難道要向主任辯白嗎？

麻醉科醫師下午四、五點下了刀就可以下班了，反正有住院醫師值班，遇到急診刀，有醫師可以上麻藥啊！！主治醫師下了班，回到家，愛做什麼是其個人的事，留下晚上的時間寫作也是善加利用時間啊！

大概只怪王主任沒有文學細胞吧！

不過，坐在主任的辦公室裏，有再多的不滿都要忍下來。畢竟在麻醉科領域裏也待了１０幾年了，從最底層的住院醫師做起，熬了四年，終於升上主治醫師，正在享受努力得來的成果，豈可輕易放棄！得罪主任，以後的日子要怎麼過呢？

頓了一下，曾醫師不得不先安撫一下主任：「報告主任，我都是利用假日去參加外面的活動，不會影響到我的工作的！」

不過，顯然這不是主任要的答案。

「曾醫師，我們醫院的工作是正職，意思就是說不能兼差的！」

「主任，寫作是我的愛好，就像很多人喜愛高爾夫球一樣，到了一定的程度，都會想再接再力啊！」

這一番話，又刺痛了主任，因為主任是不打高爾夫球的！

主任看看今天是沒辦法說服曾醫師的，再加上還有一場院務會議要開，決定先煞車，找機會再談。

「曾醫師，今天就這樣，我想你是聰明人，應該明白我的苦心！」

14

桃色糾紛

　　一直到謝太太的弟弟打了一通電話到總經理的專線，這件桃色糾紛才爆發開來。Joan負責北部這家大型教學醫院。公司內部的人只知道Joan做得不錯，因為新進的這個抗生素，業績一直往上爬！抗生素市場很難作，因為醫生有太多選擇，更何況以正常狀況而言，醫生會先用第一線的抗生素，不會選擇這新商品。有些有良心的醫生更是小心翼翼，不在必要的時刻是絕不用抗生素的，遇到感冒的病人，就勸他多喝水，多休息，少去公共場所。浮濫使用抗生素的結果，很容易使細菌變種，產生抗藥性！！

　　謝太太的弟弟撂下一句話：「你們公司的女業務代表介入我姐姐的家庭，如果你們不處理，我們要召開記者會！」

　　總經理嚇壞了，萬一公司名字上報，以後我們的奶粉怎麼賣啊？我們的奶粉要走進產婦，走進嬰兒，走進家庭市場啊！搞了這麼一件與奶粉形象背道而馳的桃色糾紛，將影響公司的業績！！

　　總經理趕緊叫秘書通知西藥部的主管。Joan上面的三個主

管全都跳出來了。Joan的直屬主管，是一個女主管，得到指示後，立即call Joan，並和她約好在天母的一家coffee shop見面。

　　兩人見了面，Joan倒也很乾脆，直接承認了。她和謝醫師發展婚外情早有一段時間了，並且在醫院附近租了房子，方便約會。謝太太是某家電視台的主播，也不是一盞省油的燈，早就靠著靈敏的嗅覺聞出先生異樣的行徑！！

　　謝太太既年輕又能幹，遇到這種事也手足無措，第一次，她的家庭受到外人干擾，讓她幾乎崩潰。求神問卜，只想找到一個答案：「為什麼？」有一個算命師甚至告訴她：「你還必須再忍耐四年喔！」天啊！一天我都無法忍受，竟然要再拖四年！！

　　心情大受打擊，間接也影響到工作情緒，娘家的人也看不下去了。苦勸謝醫師，卻得不到相對的回應，最後由謝太太的弟弟出面，直接找上公司的大頭頭。其實娘家的人也不想鬧大，畢竟這不是名譽的事，沒有一個女人願意公開：「我的醫生丈夫有外遇！」

　　Joan和謝醫師的火花，在Joan主動辭職後並沒有就此結束！不過，總經理不care，那是他們倆個人的私事了，只要不要影響公司的奶粉市場就好了！

15

高爾夫球場上的一天

Janice才走進游主任的辦公室，就見游主任笑容滿面，一副很得意的樣子！「Ms.郭啊！最近球打得如何啊？」

Janice聽得出來，游主任一定有什麼事要炫燿了！果不其然，不等Janice回答，游主任接下去說道：「昨天我hole in one喔！」

Janice故意睜大了眼睛，「哇！主任，您太神了吧！」

游主任最大的嗜好就是高爾夫球了！只要有廠商邀約，一定到，甚至主動邀球，一個月至少下場四次。任何人想接近游主任，一定要靠小白球作關係，四、五十歲的人了，飯局吃太多了，現在只想以球會友！游主任一個月雖然有近二十萬的收入，不過很會精打細算，醫學書籍有書商贈閱，免費送主任一本，主任可以為他介紹給科內醫師當作教材，一本4、5仟元的原文書籍，賣個十本就有4、5萬元入帳，利潤頗豐，所以大家都喜歡「投資」在主任身上，也正因主任的位置有太多的好處，所以科內的資深主治醫對主任一職都殷殷期盼！！

游主任等這個主任的位置，可是等了八年之久呢！！

上一任的賴主任在位六年。六年前，陳主任屆齡退休，醫院高層有各種不同的小道消息傳出來。有一說是將由賴醫師升上來佔主任缺，另一說是由游醫師升上來！不過，沒有院長室的正式人事命令，一切均是空穴來風！！也有可能由高雄院區調醫生上來呢！

那一陣子，賴醫師和游醫師兩人表面上客客氣氣的，其實兩人暗中較勁得厲害呢！！他們是同一個時期進醫院接受住院醫師訓練的！！所以算一算年資，兩人不相上下。賴醫長得一表人材，高大俊秀，又溫文儒雅，深受前任主任的欣賞。游醫師個性比較尖銳，喜怒全寫在臉上，很在乎別人的眼光，不過對於自己所發表的學術論文頗感驕傲，這也是游醫師有把握出線的主因！

私底下，賴醫師和院長也常一起球敘，賴醫師大約是８０至８５桿的實力，院長呢！略輸一籌，大約是９０至９５桿的實力，不過，賴醫師總會找機會小輸一下。明明可以直接on上果嶺的球，他就故意打入沙坑，然後利用沙坑救球的機會又多揮２桿，等到球上了果嶺，很明顯再加一桿可以進洞的球，他會故意打偏路線，又再補一桿，前面１５個洞都贏過院長，只要在最後三洞略施小技，整體而言就小輸了！

在職場上，作人比作事重要，作人作得漂亮會讓對方倍受尊重，有面子，作事作得漂亮會讓別人感受到威脅！

賴醫師很會作人，游醫師很會作事！

游醫師球也打得很好，院長卻很少主動邀他一起下場。游醫師經常糾正院長的姿勢，也會告訴院長球道向左偏，應該落點在１０點鐘方向最好！！院長和賴醫師相處起來很舒服，和游醫師相處卻倍感壓力，雖然游醫師的學術地位頗受肯定。

５月底，人事命令下來了，賴醫師正式升上主任一職！

游醫師等陳主任卸任等了２年，總以為就快輪到自己了！沒想到這一等，六年又過去了！！

直到賴主任受邀到一家財團法人醫院擔任院長一職。主任一職出缺了，看看科內年資最深的就是游醫師了，再也沒有競爭對手了。終於，以後人必稱游主任，不可以再稱呼他游醫師了！

陸陸續續的，科內的醫師，其他科室的主任，還有廠商送來的花籃堆滿了游主任的辦公室。沈小姐本來是服侍賴主任的，現在老板換人了，她也只得乖乖地調整一下心情，不同的Boss有不同的作風，為了讓自己以後日子好過點，重新整理一下態度是必要的！！看著滿室生香的花朵，游主任試著坐在大旋轉椅上轉轉看！嗯！看來這椅子需要換一張新的。

「Ms.沈啊！這張辦公椅我要更新，查一下還有那幾家廠商還沒送花籃的，請他們分擔一下新椅子的費用吧！花太多

了，改送實用一點的吧！」

「好的，游主任，最近有到辦公室的廠商，我會提醒他們的！」

看到游主任笑瞇了雙眼，又揚起了下巴，Janice 趕緊回過神來，暫時關閉以前的畫面，自己在心中偷笑了好久，不過現實中，她還是要對眼前的這位游主任畢恭畢敬啊！

「Janice啊！什麼時候要再下場啊？」游主任要找人陪下場，找人付球費啦！Janice早就習慣這種被當冤大頭的情形啦！反正公司有交際費，醫生也都知道這狀況，所以他們開起口來一點也不會害羞呢！聰明的醫生懂得如何和廠商周旋，直接或間接地利用廠商的公司資源或人力資源！在醫院上班壓力太大了，有的醫生利用嫖妓釋壓，有的以欺負小住院醫師來宣洩，有的以整廠商來表達自己高人一等的格調！！

「游主任，時間、地點您決定啦！」Janice 也老於世故，很善於掌握人性！！

「那就下下一個週日吧！這個週末都已排好了！」游主任不忘暗示Janice，他的高爾夫行程可排得很滿喔！

「去『幸福』好了，這樣子也可以替你們公司省一點錢！」游主任本身是幸福球場的會員，下場可以打折，再加上是他最熟悉的球場，打起球來較易掌握狀況，score自然好看！所以他最喜歡和廠商約去幸福球場！

「Janice，我們就約六點Tee off好了！我會先打電話去

book！」

「好啊！主任，那下下週日，就是３月９日早上５點，我開車去您住處接您，準６點tee off！」

「太好了！Janice！就這麼決定了！！喔？對了！妳還要找誰一起打球？」

「主任！我沒有其他idea，您決定就好了！」

「好！太好了！另外２個人我來找！」

Janice心知肚明，每次和游主任下場打球，總要買一送二，Janice負責結帳，人情送給游主任！真的是所謂，我買單，你請客！游主任現在也很努力經營醫院高層關係，所以他找來一起下場的，大概脫離不了那幾個名單！！基於「互惠」原則，游主任請院長，副院長來球敘，下次院長，副院長要球敘，游主任也必然名列受邀名單！！一個月有八個週末假日，四個人成一組，一個月有３２個人次，全醫院四、五十個主任，平均每二個月有一次受邀機會！在球場上和院長談事情順利多了，平常在院內還要透過院長秘書安排時間，規矩太多了！

16

關室密談

公司內部。西藥部的佈告欄上有二張新的人事公告。王大為一早進公司，只見公司裏熱鬧紛紛，佈告欄前一堆人在引領巴望著！王大為也湊上前去，一張是Pete由Department Head 轉換了另一個頭銜，成為Marketing Director。另一張是Issac由Sales Manager榮升Marketing Manager。整個西藥部，只有這兩人的年資超過１０年！！他們的頭銜每隔個幾年就會調整一次，算是總經理給「紅蘿蔔」吧！！雖然工作內容換湯不換藥，但至少可以讓他們「優越感」半年以上！這兩顆長青樹喜歡用新人，因為新人來上班對他們可尊敬得很，既不敢造次，更不敢亂開玩笑！

Issac對Pete既愛又恨！！Issac只比Pete晚半年進公司，不過，這十幾年，一直無法突破under Pete的困境！！Issac雖然覺得Pete不怎麼樣，也很期待Pete快點退休或滾蛋，由他來領導西藥部，但是想歸想，事實還是事實。只要Issac在西藥部一天，Pete永遠是他的頂頭上司！雖然Issac私底下對Pete有頗多怨言，不過，在上司面前，Issac永遠表現出他最乖的一面。

每天中午，當大夥兒一塊兒出去吃飯時，話題絕離不開Pete。討論的內容就是「Pete很尖酸刻薄，很小氣！」

「Pete說這個issue要這樣作，他是笨蛋啊？根本行不通啊！」

「Pete在辦公室待太久了，和市場根本脫節了！」

「Pete只會捧G. M.的L. P.，對我們行銷部門的人根本連正眼也不看一眼！」

「Pete這個死老頭，離開這裏的話，相信根本沒有公司要他！」

不過，所有的人，都只敢在背後數落這西藥部的頭頭，沒有一個人敢在他面前提任何建議的！因為Pete是很主觀的人，他想要怎麼樣就是怎麼樣，他可聽不進別人的建言的！

西藥部內的人為了自己的升遷一定要先學會「吃頭路！！」罵也只能在背後罵，在Pete面前可要「承歡膝下」啊！每一張人事公告雖由人事部所發出，但是事前都得經由Pete首肯啊！！

王大為本來想找Issac報告醫院的工作進度，卻見座位上空無一人。向旁邊望去，見到Pete房間內的百葉窗隱隱約約透出些日光燈的白光，有２個人影在晃動著！！比較矮的那個人站得筆直，只有兩雙手在舞動著！！比較高的人一下子開櫃子拿資料，一下子坐下來！！看來，正熱烈地討論著事情。

原來，和這家大型財團法人醫院的合約又將到期了。

　　每年換一次約，合約一定，公司一整年的業績至少有２５％安然入袋，而這家醫院也有了固定營收，互蒙其利。這是每家廠商，大廠也好，小廠也好，一定不能放棄的一塊市場，因為它有許多分院，只要和headguarter談好，其他分院也一樣照這紙合約行事。所謂事半功倍是也。所以雖然這家財團法人醫院很敢殺價，廠商氣也不敢吭一下！！而這家醫院也自恃其龐大的醫療體系，是兵家必爭之地，又以「以量制價」的手段殺得廠商哀哀叫！

　　「Issac，你藥學系的同學在台北的管理處，你好好地去探聽一下有沒有最新的消息？」

　　「是的！Pete！」

　　「這家醫院最喜歡殺價了！不過沒關係，這次新合約如果能把我們這兩種新藥也帶進去，算一算也划得來啊！」Pete繼續指示Issac：「新藥利潤比較大，先搶攻市場占有率！」

　　「他們藥劑部的部主任又身兼健保局的藥價審議委員，他心中明白要怎麼作最有利！」Pete笑了笑。

　　Pete越講越興奮：「我們藥廠是生意人，要有業績才有利潤，醫院也是作生意的，他們更想賺錢啊！陳定南要查藥價黑洞？哼！諒他查到臉都綠了也查不出所以然來！！我們每一批麻醉劑都隨貨贈送２５％的free goods，他要從那裏查起？來問我啊？哈！哈！哈！」

　　「我們公司光是靠這些麻醉劑一年就賺進好幾億！不

過，為了公司長遠的發展，一定要進一些新產品，我們不先
卡位會被別家公司捷足先登的喔！新的！新的！不管是抗生
素或是麻醉劑，只要是新的產品就要加速佈局！我們的E黴
素早就過了專利期，台灣廠的同類藥品多得不可勝數，現在
也只是賣一顆算一顆，要恢復全盛時期的業績是不可能的！
Issac！你要努力一點，積極一點，我退休以後，公司可要靠
你呢！」

　　Issac眼睛一亮，精神為之一振：「處長！西藥部沒有您
是不行的！」Issac就是表面功夫作得好，中午吃飯時咬牙切
齒罵處長豬狗不如，現在卻可以把處長捧得心癢癢的！

17

婚姻市場

　　王媽媽，是這一帶有名的媒婆，聽說她撮合了兩佰多對夫妻，手段算是高明吧！王媒婆，閱人無數，手上的孤男寡女大約有5、6佰人之多！！憑著她與生俱來的直覺性與聰敏的反應，總能很快地在腦海中閃過一些值得推薦的人選！

　　這天，王媒婆來到小蕙的家中！「林太太啊！不用我說，妳一定也很希望小蕙快點嫁人吧！」

　　林小蕙的媽媽低頭沈思了一下，輕嘆了一口氣：「為人父母，當然希望孩子早點找到好的歸宿，老的時候好歹有人互相照應啊！我可不願見到小蕙孤孤單單一個人，等我們兩老有一天都走了，誰給她噓寒問暖啊？」

　　王媒婆急忙接下去回應：「您真開明啊！上次那些名單看過後有什麼感想？那些可都是一時之選啊！」

　　「是啊！」林太太繼續說道：「可是……，小蕙根本就是隨便翻一翻，說什麼沒胃口啦！知人知面不知心之類的話！」

　　林太太無奈地說著：「小蕙有三個大學同學都離了婚，大概也造成她一些心理陰影吧！」

「唉呀！」王媒婆撐開了喉頭，「那是別人啊！干小蕙什麼事，小蕙想太多了吧！小蕙如此乖巧，每人見了都會喜歡的，我一定幫小蕙找到最好的男人，保證讓她幸福一輩子！」

「林太太，那些名單要請你們列一下優先次序，我才好安排相親飯局啊！小蕙的事我一定要先處理才行，一週可以排兩次吃飯，週六晚上、週日晚上各一餐，如此一來，兩個月左右就可全部相完，當場我們可以觀察男女雙方的反應，如果來電了，後面的飯局取消也可以啦！」

和林太太說好兩天後來聽消息，王媒婆匆匆地跑了，還要到另一條巷子裏的張家送名單呢！

晚上，小蕙從醫院下班回家後，林太太把白天王媽媽來訪的事重覆了一下！

「媽！王媽媽那些名單根本沒有我喜歡的！」

「小蕙啊！名單上的那些年輕人，有的才３０歲不到，當個住院醫師也沒有不對啊！！不喜歡的話，也可以找那些已當上主治醫師的人啊！」

「媽！」小蕙快被逼瘋了，「我根本不想嫁給醫生，你不知道我多討厭那些自以為是的醫生！」

「醫生也有好的啊！」

「媽！你的思想已經落伍了，多多上網看一些新的資訊吧！現在想嫁給醫生的女人只有１５％呢！！現代新女性變聰明了！」

我不藥
黑洞

　　「哦？為什麼呢？」林太太雖然有點固執，但有時不得不佩服女兒的見解！！在母親的眼中，女兒說起話來頭頭是道，一針見血，再加上臉上的表情及手勢運用得當，一席話聽下來，林太太經常不知不覺已被女兒洗腦洗得乾乾淨淨的！

　　「媽！你們這些圈外人，總把高學歷與高人品劃上等號！」

　　「我們這些內行人，可把這個族群看透了呢！」

　　「我們醫院曾有一個姓吳的醫生，在醫院附近賓館嫖妓，被警察捉了！」

　　「你怎麼知道的？」「媽！報上寫得清清楚楚，明明白白的。」

　　「有寫出你們醫院的名字嗎？」「沒有啦！只寫石牌地區某大公立醫院啦！哈！哈！一看就知道是指我們醫院！」

　　「媽！還有一個動開心手術的名醫，聽說開心價碼是50萬呢！想排隊換心，把cash先準備好吧！這醫生和他的女秘書勾上了，氣得他太太帶著孩子跑到美國去，這醫生不停地向太太施壓，希望兩人能夠儘快離婚，好給女朋友一個交代，這元配也真聰明，開出的價碼是一億元，反正這醫生一定拿得出來，這件事報上也刊得很大的篇幅，哈！果真拿到一億元，一輩子吃喝不完的啦！」

　　「媽！士林地區有一家醫院，有一對醫生夫妻，最近和一個自行開業的婦產科醫師同時上了報呢！」

　　「又怎麼了？」

「這對醫生夫妻，男的是某一科的主任，和女病人發生了婚外情，招致女方懷孕，結果這對醫生夫妻為了擺平此事，聯合這位姓李的婦產科醫師設計這個女人，讓她流產，後來被這女人一狀告上了法院！」

「媽！你們老一輩的人很容易以職業斷定一個人，但是現在是一個多元性的社會，眼光與心胸都要放大放遠！」

看母親不作聲，小蕙繼續發表高見：「醫生這行業現在已經不吃香了，在婚姻市場上不太受歡迎了！更何況要我愛上的人，一定要體貼，注重家庭生活，人品，個性一定要一流的啦！現在新時代的女性，本身也都有經濟能力，醫生的收入我也看不上眼啊！兩人處得來才是最重要的，職業是不分高低的！」

「媽！妳知道為什麼醫生在婚姻市場上不受歡迎了嗎？」

「因為……」小蕙提高了嗓門，「工作時間太長，風險高，外遇機會又多，我根本是不考慮的啦！」

林太太今天至少知道了女兒要的是什麼！體貼！注重家庭生活！人品！個性！明天等女兒上了班，就打電話給王媽媽告訴她要重新篩選名單！！女兒過得幸福快樂最重要，心靈上的契合感受絕對比表面上的東西來得重要多了！！林太太發出會心的微笑：這女兒沒有白養！

18

醫療體制

這次的醫療人球事件，大概是近來最聳動的醫療新聞了。

神經外科的醫師休息室內，一堆醫師聚在一起討論著這個事件的始末。

「不想收，不能收，不願意開，當然就應該把病人轉出去，這有什麼不對？這屆的C.R.實在太倒楣了！」鍾醫師是第三年的住院醫師，明年輪到他擔任總醫師，看到學長林醫師遇到這麼大的trouble，心中也不禁捏了把冷汗。

李明亮醫師搖了搖頭，嘆了口氣：「我們這些住院醫師真可憐，有家歸不得，密密麻麻的值班表，晚上睡不好，遇到急診刀再怎麼累也要爬起來，第二天照樣要上班，一大早要morning meeting，開完會要進開刀房跟刀，遇到大刀更是要在開刀房裏站一整天！真是豬狗不如！碰到那些老護士，有時候還會被她們欺負！」

鍾醫師推了一下鼻頭上的鏡架，嗯了一聲：「所以囉，要忍耐，總是要熬過去的！等到升上主治醫師一切就會不一樣了！到時候薪水也多了，權力也大了，下面有住院醫師可

以呼來喚去的！」

李醫師忽然哈哈大笑：「小鍾啊！現在我們被叫來叫去的，有一天我們『媳婦熬成婆』後，不知道會不會也用相同的方式對下面的住院醫師？」

鍾醫師瞇了瞇眼：「可能有過之而無不及！」接著兩人相視大笑！

這時蕭錦和醫師開口了：「依你們看，這件事最後會如何擺平？」

陳大明醫師雖然很年輕，卻老於世故，且很善於洞察人性，他對事情的看法常在事後得到印證。

「依我看，這件事已演變成一個社會版的大新聞，報紙上天天刊載，電視新聞天天播，對一個住院醫師而言實在過於沈重，我想，林醫師也不想藉此出名吧！而且這件事對醫界形象傷害太大了，扯出什麼『醫德』、『醫師倫理』之類的話題。不過，事情既已發生，而且雪球越滾越大，高層一定會出來滅火的。一個外科醫師的養成是很不容易的，真的是『十年寒窗苦讀無人知』，一夕轉診卻出了大名。現在有些醫院根本招不到外科住院醫師，大家都學聰明了，選一些賺錢多多，沒有醫療糾紛，工作時間又短的科別，所以放心啦！經過時間沈澱，林醫師還是一位優秀的神經外科醫師！！醫師執照不會被吊銷的啦！邱小妹是家暴受害者，真正該受法律制裁的是她父親，林醫師只是運氣不好，為整個

不健全的醫療網背上了十字架！！我們一定都要支持他，聲援他，那天換我們當上了總醫師，也都一定會碰到需要轉診的case啊！制度又不是我們這些小人物訂的，上層訂了不夠完善的措施，我們也只能配合著作啊！！等到出了狀況，再把我們犧牲掉啊？看看當初是誰訂的制度，請他出來向社會道歉吧！林醫師是個老實人，經過這件事的歷練，他會脫胎換骨的！最重要的是，我們要陪他度過這次的風暴！」

聽完了陳大明的解析，大家都心有戚戚焉！

醫界有太多傳統的包袱，不是一朝一夕就可以改變的！！

陳大明醫師欲罷不能：「我們在這裏接受住院醫師訓練，算是很幸運的，我有一個學長，現在在那家大型教學醫院胸腔外科當總醫師，為了能順利考上專科醫師執照，不得不忍氣吞聲當他們主任的狗腿！」

見大家眼睛一亮，陳大明壓低了嗓音：「他還要出面當主任的白手套，怎麼說呢？遇到一些不識相的病人，他得暗示加明示『教育』病人，想排上開刀名單就快點包個紅包，而且有一定價碼的，低於那數目，主任也是不開的！！反正紅包是總醫師代收的，不是直接由病人手上交給主任的，政風室的三申五令跟放屁沒兩樣！說真的，雖然是由同一家醫學院畢業的，但是也要看看後來所待的醫院，所待的科別，如果風氣不好，也會有樣學樣，薰陶著4、5年下來，將來大概也會步上相同的後路吧！前輩收紅包收得臉不紅氣不喘

的，年輕的一輩當然也想跟進啊！否則幹嘛作得那麼累啊？醫界是個大染缸，裏面有太多金錢與性的糾葛。我那個學長有一次還充當「皮條客」呢！他說有一次有一個菜鳥業務代表請他們科內所有醫師聚餐，酒足飯飽後，那個廠商去結了帳然後——和醫師握手道再見，準備離去。我那個學長忍不住了，拉住那個廠商的手：『喂！我們主任一向有續攤的，你不會就這樣走了吧？』」

陳大明哈哈大笑：「我學長很懂得主任的癖好，把他們一起送到老地方去，由這個廠商先付了錢，主任進去辦事，我學長在外面等了主任一個小時，最後再負責把主任送回眷舍。」

陳大明眨眨眼：「要跑那家公立醫院真是要有三頭六臂才行啊！要跑我們醫院，單純的業務代表就可以啦！」

每個人都笑得很開心，林醫師事件所帶來的陰霾已不翼而飛了！

19

趾高氣昂

林小蕙的奶奶生病了，住進了Ｔ大的復健科病房。

林媽媽每天一定到病房中探視老奶奶。這天她經過了護理站，看見了一張熟面孔，不禁快步趨向前去：「啊？你不是那個黃玉琴嗎？」黃醫師斜眼看了眼前這個其貌不揚的老女人，很不屑地回道：「我是黃醫師，我不認識妳！」

林太太有點失望，心頭緊縮了一下，不過還是決定告訴這位已當上了醫師的黃玉琴：「我是林小蕙的媽媽，以前你唸中山醫學院時，還來過我在台中的家啊！黃醫師？妳忘記了嗎？」黃醫師愣了一下，趕緊回過頭來：「喔！林媽媽呀！不好意思，沒認出妳！」

林太太有一天在家中，不經意地向小蕙提起這件事，「為什麼一個本來很客氣的人，當上了醫師就會變得如此驕傲？她父親不是一個國中校長嗎？是家庭教育還是學校教育出了問題？」

數年後，黃醫師又獲聘為一家聯合門診的院長，年紀輕輕又多了一個「院長」的頭銜，不知道現在她的眼睛長到那裏了？

20

引發爭議的私德

沈醫師在這家私立財團法人醫院擔任麻醉科醫師已有二十年了！憑著台大醫學院畢業的光環，不管走到那裏總不自覺地帶著一股傲氣。雖然身兼台灣麻醉醫學會理事，不過知道他的人也僅限於這個圈子，直到電視上大肆播出他涉及「性騷擾」的新聞，他才真正成了家喻戶曉的知名人物！

在麻醉部裏，他是很資深的主治醫師，不過數次和升官失之交臂。老實說，部主任並不喜歡他，因為他實在太驕傲，有如脫韁野馬一般，桀驁不馴。當部主任要提拔下面的科主任時，名單上並沒有他。年輕的主治醫師升上來當科主任時，對他也只能睜一隻眼閉一隻眼。

不過，他在醫院高層的人際關係可「麻吉」得很。沈醫師很喜歡打小白球，而且，球技可不是蓋的，他和院方高層可都是親蜜球友呢！雖然與主任的頭銜無緣，但是安靜地等待或許也有撥雲見日的一天吧！就這樣，三年過去了。

那一天，是麻醉部的尾牙，有數百人充斥在這家大飯店的３Ｆ宴會廳裏。部主任已屆齡準備退休了！院方高層有人

囑意要沈醫師接任部主任一職。

沈醫師等這一天有１０幾年了吧！他也非常有把握，有自信可以把麻醉部重新再打造一番。在老部長佈達時，沈醫師快速上台，準備接受大家的恭賀時，台下忽然衝進一對年輕夫妻，大聲喊叫：「他性騷擾，這種人有資格當部主任嗎？」台上的沈醫師臉上一陣錯鍔，匆匆下台，準備離去，走著走著，不小心絆倒跌了一跤，有如他的人生又在仕途發展上跌了一跤。

電視上的跑馬燈，快速閃過：「沈醫師，香港僑生，學術論文表現並不突出，外界知道他的人並不多……」

楊姓護士被沈醫師有多次不當的身體碰觸，雖然和院方申訴過，可是總得不到合理的回應。楊姓護士後來被調到高雄分院，繼續擔任麻醉護士的工作。沈寂了一陣子，終於利用這次機會跳出來，為保障自己的人權而奮鬥！！說真的，雖然其他麻護也很同情她，但是為了自己的工作，只能選擇默默支持。

站在醫院的立場，一定希望能大事化小，小事化無，宣揚出去對醫院的名聲也不好啊！醫院一定比較站在醫生的角度思考問題的！！女性在職場上碰到性騷擾案子，對外求援會得到比較公正的對待。

「婦女新知基金會」在這次「沈醫師性騷擾事件簿」中，確實付出了極大的努力，最後，法院判決沈醫師要賠償

對方４０萬元！

　　在這次事件中，院方認為這不是很嚴重的傷害，只是雙方認知上的差異，而且認為沈醫師已在記者會中公開道歉了，夠了！還想要怎麼樣呢？

　　在這麼大的一家醫院中仍然存在著這種男尊女卑的傳統想法！看來，所有的護理人員要先學會保護自己，才能在職場中安心工作著。衛生署曾作過一項調查，結果顯示有百分之四十三的護理人員在工作時曾被性騷擾，這些性騷擾多半來自醫師（百分之五十三），其次才是男病患（百分之二十七）。這些騷擾方式以「假借幽默為名的黃色笑話」為主，占百分之三十二。

　　看來，醫生的養成教育中應該多加入兩門課程，「措辭學」及「尊重他人」。

　　另外有一件穿白袍的色狼，發生在台中一家牙科診所裏。護士的更衣室裏被偷裝了攝影機，後來被眼尖的護士發現了，報警處理。看來，最安全的地方就是最危險的地方！

21

壓力

　　那天傳來劉醫師上吊自殺的消息，震驚了全醫院，他們那群大學同學更是唏噓不已！為了能夠順利進入醫學院，從唸小學起就要好好紮根，中學六年更是夜夜苦讀，就深怕輸給別人。老實說，醫生的骨子裏天生就要贏，唸書要贏別人，工作要贏別人，姿態也一定要比別人高，口袋裏的錢也一定要比別人多，所開的車也一定要比別人的高尚！甚至所娶的太太也一定要有良好家世背景的，只因為他們自認是社會中最優秀的一群菁英！！說真的，說他們是「完美主義者」也不為過！！

　　而且，這些人成為正式的醫師後，被捧慣了，生活過於順利的結果，已經不知怎麼面對突如其來的壓力與挫折。

　　為了擁有崇高的社會地位，年輕時候可是付出比別人更多的努力呢！

　　但是在醫院上班，人際關係複雜多了！除了同儕之間的競爭，還有來自長官的壓力。醫院為了賺錢，為了生存，也以「業績」來考核這一群學有專精的醫生！大家雖然罵得半

死,為了待下去也只好忍耐下來。

這群大學同學中,現在混得最好的就是當初申請到整形外科的李大中了!整形、美容一概要自費,那個女人不想更年輕更漂亮??而且動過雙眼皮手術,下次病人可能想動動鼻子,再過個幾年又想來拉皮了!!

錢!根本賺不完!風險又低,利潤又高,等到火候夠了,自行去外面開個整形外科診所,自己當院長。又不必申請營利事業登記,所收的掛號費,３００元,１００元的,根本不必給收據。開刀費,６萬,１０萬的全是現金!掛號櫃檯旁還擺著一台點鈔機呢!也難怪李大中現在意氣風發,滿面春風了!他找到一個「金山銀山」了!年度報稅,也只以醫師個人名義報稅即可,診所裏到底賺了多少錢,國稅局一概不知道的!真羨慕李大中啊!

醫生在醫院上班,工作很繁重,又常要應付主任不定時的約見,很煩人的呢!運氣好的人,娶到好太太,家庭幸福安定,運氣差一點的,可能沒有幾年就會遇到婚姻的瓶頸,醫生離婚率是不低的!!

醫生的家庭一樣也會有婆媳問題,親子教養問題的,而且大部份的醫生也會希望自己的小孩將來當醫生!可惜,時代變了,很多年輕優秀的孩子對學醫並沒有興趣!

張善仁望著身旁已熟睡的妻子,一顆心終由紛紛擾擾的感覺回復到溫暖知足的情境之中。比起大學同學劉醫師,他

是幸運的。在他的家庭中，沒有傳統的束縛！！母親從年輕時代就是個職業婦女，而且很fashion，身材保養得好極了，根本看不出來已年過50！

而且母親一直把他看成好朋友，根本從不把他當兒子看。所以他們兩人之間是無所不談的，最重要的是，母親尊重他們年輕夫妻的想法，從來不會干涉！有一個好母親，有一個好妻子，張善仁可以全心全意在工作上發揮！

劉醫師是個好人，很善良，很客氣！！不過他的家庭問題一直是個無法解開的結。母親和妻子白天都在家，一起照顧小孩，磨擦難免！！劉醫師下班回家，母親搶著和兒子說話，妻子搶著和丈夫說話，久而久之，都覺得自己受到冷落！！劉醫師的父親早已過世，母親把所有的注意力與生活重心全放在他身上！！現在多一個女人來分享照顧劉醫師的責任，母親的失落感是可以理解的！

不過，劉醫師已為人夫人父，當母親的是需要調適的！！該適度放手，只可惜沒有人適時伸出援手，劉醫師長期承受的家庭壓力使得他放棄了生存的權利。

如果，劉醫師肯卸下醫師的光環，尋求心理諮詢，或其他朋友的協助，今天就不會發生這件遺憾了！！

「千萬不要把壓力全往自己身上攬下來！」張善仁下了結論，心滿意足地入睡了！

22

橫刀奪愛

　　小柯與小高是醫技系的同班同學，在２０多年前封閉的校園裏，兩人的手帕之交挺引人注目的！小高有一個同校醫學系的男朋友，老實說，長相挺不錯的，是那種讓人過目難忘的型！小高與小柯長相都一般，只耳聞小柯家境挺富裕的！！不過，有好一陣子，都只見小高一個人形單影隻的，因為和小高不是很熟，也不好意思探聽太多。下次再聽到這個故事，是小柯畢業那年，她同時舉辦了婚禮，新郎是以前小高的男友。這種故事，應該只發生在小說中的情節，活生生地上演在我們的眼前。

23

校園中的情侶

　　才進校園，就知道了這對校園中有名的情侶！！女孩子姓吳，唸牙醫系，男孩子姓陸，唸醫學系。倆人出雙入對的，同時又是合唱團的社員，說真的，在當時的校園中，他們這一對是最被看好的，女孩個性甜美，男孩看起來體貼溫柔，屬於天造地設的一對吧！離開校園多年後，間接又聽到了這個女孩子的消息，已婚，先生姓劉，在台北某地區開設整型外科診所。醫學院的校園裏，常常上演一齣一齣的連續劇。

24

轉換跑道

林孟真與何建中同在一家外商藥廠服務。孟真任職內勤,是業務部門的秘書,平日的工作就是接接來電,應付一下業務主管的需求,或是替業務代表們處理一些訂單或報表之類的工作。

何建中大學畢業後,想在市場上跑一跑,增加自己的一番歷練。

他們在這家公司認識了,相戀二年後,順利結婚了!

公司不成文的規定,夫妻不得任職於同一家公司。林孟真想想也好,反正秘書的工作好像打雜,沒有一個工作重心,也沒有任何發展的空間,何不如利用這個機會轉換一下跑道,說不定會有奇蹟發生呢!

正好國內核准成立了多家新的保險公司!一霎那之間,市場上有上千個保險業務的空缺。以林孟真的學歷與經歷,馬上就被錄用了!

林孟真所擬定第一批要拜訪的名單,當然就是舊公司的這批同事啊!大部份的人,看在昔日同事的份上,多多少少

都會捧個場！！孟真就這樣，２０％，４０％的佣金利潤，幾個月努力下來，收入並不比當秘書差！不過，名單上的人很快就用完了，有些死纏爛打，不保就是不保，反正每個人都有朋友或親戚在其他家保險公司！！

有一陣子不見孟真，才知道她經由先生的介紹，轉戰另一家藥廠了！她先生有些同學在那家藥廠，正好轉些人脈給她耕耘！

至於何建中呢！婚後當然繼續努力在市場上打拼！不過，可以看得出來，他越來越不快樂，不定時的工作時間影響到他的家庭生活，雖然也有不少真正令人稱道的醫生朋友，不過也有不少要吃要喝也要拿的齷齪醫生！他被這些人煩死了！就有這種醫生，晚上１０點call他一起出來宵夜，表面上是看得起你把你當朋友看所以才找你，其實真正的目的是找他去刷卡。

何建中一直想申請加入marketing部門。如此一來只要在公司內部，分析市場，做做新人訓練，或偶而去醫院追蹤一下clinical trial就好了！準時上、下班，生活單純多了，也不必在大熱天還要在外面跑來跑去的！而且公司會給一個比較稱頭的頭銜，Associate，Assistant Product Manager，Product Manager，或Group Product Manager等等的，以方便和那些醫生平起平坐！

不過，在他離職前，公司一直以沒有空缺來回應他。

最後，建中還是在一家很小很小的藥廠找到了Product Manager的空缺！！不管如何，至少了了一部份心願，只要努力衝刺，補足了資歷，過幾年再跳到大廠去！

建中有了數年跑市場的經驗，有了數年Marketing的資歷，將來要再高昇，比較有機會。不過，也有一些人，跑市場跑不到幾個月就受不了了，放棄了在藥廠工作的機會，轉而到醫院去當領固定薪水的臨床藥師了！！

自從「醫藥分業」之後，臨床藥師的身價也水漲船高！！待遇也優於以往，相較於藥廠這１０幾年來不變的起薪制度，臨床藥師已成為更多人的優先選擇。

25

醫師打人囉

　　春節將至。又傳出某醫院心臟內科陳姓主治醫師打人事件。真是一波未平一波又起！！IQ絕對不等於EQ！！穿著白袍巡房時，竟然涉嫌毆傷病患大兒子的眼部。看來「文人」也有其「武將」的另一面。說真的，醫病關係已大不如前！「視病猶親」似乎已成為一種口號！其實也不能單方責怪醫師的素質，該怪的是整個社會的「功利化」！願意放下身段予人方便的人太少了，本著「服務他人」精神工作的人也太少了，太多的人會考慮到「我多做這麼多工作，我能得到什麼？」或是「你能給我什麼呢？如果你要來找我幫忙的話？」

　　醫生拿回扣不是新聞，也不會就此打住，這是「供需問題」，醫生知道藥廠的業務代表需要業績，也知道自己有多少能耐可以開多少處方藥，拿取「回饋金」是天經地義的事。

　　所以有許多藥廠的業務代表常跑醫院的藥局查詢醫師的開藥量，才知道要付多少「回饋金」！這不難查的，因為每個醫生都有一個代碼！

　　有些公立醫院，P級的醫師雖然不拿回饋金，不過也有其他變相的回饋！有一位男P就對著藥廠新進的主管問道：「你能給我什麼？」口氣之大啊！真令人望之彌高、仰之彌堅啊！

　　對於這些非現金的回饋，藥廠一概稱之為「服務」！！更有藥廠主管在新人訓練會議上，直言「各位藥師，歡迎你們加入服務業！」

26

桃李滿天下

　　這所大型公立醫院的麻醉部部主任準備退休了！部主任是一位非常優雅，愛好古典音樂的長者，不管遇到任何人都很有禮貌，屬於老一輩令人尊敬的醫生。他在位非常久，底下培養出不少非常優秀的年輕新秀，這些受他栽培的中生代醫生，有好幾位都拿到博士學位呢！大部份的人也都遵循老部長的風範，客客氣氣的，從來不會有踰越本份的事情發生。只有少數1、2個人，眼睛放在頭頂上，只有去邀他打高爾夫球時他才會假裝客氣地笑一下，其他時候可就一副高高在上的模樣呢！有一次，有一個媽媽帶了小孩去辦公室找部主任，正好部主任在忙，母子兩人在辦公室等待，小孩子不耐等待，發出了一點聲音，這位已派往蘭陽地區當院長的醫生竟然吼了這個小孩子，那時剛從美國拿了碩士回台灣的這位醫生，不知道當上了院長後是更驕傲還是學會了謙卑為懷？學校教育很重要，家庭教育也很重要，塑造一個真正高尚的人品是需要雙管齊下的！

　　老部長把手下一位愛將，派往林口去接那邊部主任的

缺！這位頗受好評，溫文儒雅的新任部主任，把他在公立醫院所學到的一些良好的制度帶到新的工作場所，使得整個部門像注入一股活泉，充滿了生氣！！

在公立醫院服務了數十年的這位老部長，為這個圈子栽培了不少人材，真是桃李滿天下呀！現在功成身退，但是在一些重要的場合仍然看得到他的身影，人緣極好的他，總有一堆人包圍著他，把握住和老部長談話的機會！！

27

職場的競爭

　　任何一個職場都充滿了競爭。醫生這個圈子自然也不例外。接受過住院醫師的訓練後，接下去就要爭取主治醫師的缺！在原訓練單位如果沒有缺，可以選擇外放，到一些規模較小的醫院或較偏遠地區的醫院，先佔了主治醫師的缺，補足了資歷後，再見機行事。

　　至於主治醫師做久了，下一個目標就是科主任的頭銜。有時候並不見得想在醫師的工作外多兼行政工作，可是如果不爭取升遷，有一天可能是年資較淺的主治醫師來管年資較深的主治醫師，沒有人受得了這種狀況啊！Vs.和Vs.之間除了要比較病人數之外，也要比較著作論文數的多寡，最終極目標是那一個人可以升上主任？

　　科主任做過幾年，靜極思動，開始計劃更上一層樓！越往金字塔的頂層，機會越少，科主任可能有四個缺，部主任卻只有一個啊！遞補一個上來做部主任，其他三個都不甘心被以前平行的同事管，所以就去找看看有沒有小醫院的院長缺！「院長」比「部主任」大啊！頭銜確實可以騙些外行人，

很多病人去門診掛號時，是指明要掛主任的門診！！其實主任的頭銜並不代表他的醫術更好，有時候反而因身兼行政工作，過於忙碌，反而沒有時間專注於醫師的工作呢！

28

組織重組

由於公司人員的流動率實在太高了，不得已，只好在各大報上刊登人事廣告，期望能夠招到一些新人。在西藥界，風聲可以透過同行，同學之間口耳相傳。例如那家公司的薪水制度，獎金制度，福利制度是優於業界一般水平的，大家一打聽就知道！！那家公司的文化，素質是低於業界水平的，也有其公認的名單！

經過半年的人事大地震，該跑的人都跑了，最後只剩下2個具有15年年資的主管，和年資只有3、4年的業務代表和內勤人員。其他六年以上15年以下年資的層級早就被趕跑了，或是耳聰目明的早已先溜為妙了！

又過了一年，其中一位15年年資的主管也跑了，領了40萬的離職金跑到另一家大廠去賣藍色小藥丸了。去應徵工作時，除了被interview其實也應該「面試」眼前的這位主管。如果具備孤寡、自私的面相，表示此人不宜和他共事，否則為他賣命的結果，也是死路一條。一個不合群，孤僻的主管在榨乾了你的利用價值後，會想辦法一腳把你踹開，不

過他會利用別人來處理你，所謂借刀殺人是也！

這種主管會故意製造下面員工之間的糾紛，猜忌！下面人事越亂，他會越得意，如果下面員工彼此太親密，他就可能成為眾矢之的！！而製造糾紛，矛盾的結果是他可以全部一把抓，到時候再利用次要的敵人先攻擊主要的敵人！！然後再處理次要的敵人，他的權力、地位永遠不怕有人追上來。這是保障自己的地位與權力最好的辦法！在那個位置有太多「利益」絕不可以讓下面的人知道的！如果想進入醫藥圈，先找學長、同學打聽一下行情，如果不小心進入了這種地雷公司，也要保持高度警戒，最好在待了１－２年後就要積極跳槽！！以免浪費了青春！！

在這種公司，因為有嚴重的人事斷層，所以通常很快就會升上小主管，但是不要太高興，因為你也只是一只棋子！在職場上，讓自己保持高度彈性是必要的！

29

退一步海闊天空

這棟位於台北市菁華地帶的辦公大樓，驚聞有銀行行員從高樓層一躍而下，在中庭結束了年輕的生命！現代人，壓力實在太大了，工作職場的壓力，家庭婚姻的壓力，金錢的壓力，……。

不過這些壓力都不值得以生命來作交換！遇到既爛又壞的主管，可以先暫時忍氣吞聲，再找機會轉換跑道！應該是爛主管去跳樓，怎麼會是你代替他去跳樓呢？如果不幸有一椿錯誤的婚姻，也可以選擇離婚啊！揮別錯的才能和對的相逢啊！如果想通了，離婚是喜事一件呢！結婚時要開party，離婚時也應該開party啊！在新思維、舊傳統交界處生存的現代人，可能要讓自己更具彈性，才能快樂地活在當下啊！至於金錢？不要有太多的物慾就不會有金錢的困擾！！審視一下，手上的信用卡，該剪的剪，以免過度使用，膨脹了自己的信用！

不管如何，生命的尊嚴一定要維護住，其他就退一步吧！退一步海闊天空啊！！

30

新人訓練

　　暑假一到，公司起用了六個新人。都才剛從大學或技術學院畢業。本來公司的目標是要用本科系的大學畢業生，無耐一直找不到人。只好退而求其次，非本科系，非大學畢業，只要勤快肯學，外表乾乾淨淨的，一律錄用。公司的制度，福利、吸引不了本科系畢業的學子，但是對於其他科系畢業的人而言，似乎還算不錯呢！

　　新人訓練包含五天的產品訓練及五天的區域訓練。五天的產品訓練在公司內部的會議室舉辦。產品經理把公司大大小小十幾種產品一一詳加介紹。業績比較好的產品，就多講一些，業績差，再怎麼跑也推不動的，就含糊帶過！！

　　每天從早上9：00開始聽課，一直到下午5：00結束，中午公司會供應便當！！有一個小時的Break！雖然聽得霧煞煞，但是反正從一進公司就開始算薪水，所以也就安心地聽課了！

　　第二週，這些新人由各地區的主管分別帶到醫院去見習了！

陳建志與林亞都屬於北區的新人。黃雅惠及陳智成屬於中區，而曾萍萍及王美雪回到高雄準備由地區主管帶著認識市場。

李淑女是高雄地區的地區經理，在公司已經四年了！雖然名字很淑女，但個子高大，肩膀寬寬的，走起路來還外八呢！她手下的sales都叫她「女魔頭」！！女魔頭近４０歲了，未婚，罵起手下的男生好像在罵小孩子。有一次，在醫院的lobby，她大聲怒斥Steven，「你給我站好！」Steven當下真的乖乖站好，後來還把這件事轉告給北部的同事，大家聽完笑成一團！

辦公室位於高雄市區，不過李淑女所要管轄的區塊遍及台南及屏東，每週一次，她要開車到台南，陪駐守當地的sales「joint call」，老實說，張少康實在不喜歡和「女魔頭」一起下市場！！除了覺得煩，還是覺得煩。一個人自由自在的，一大早在門診morning call後，可以去藥局走一走和藥局主任打個招呼或是坐在cafeteria悠閒地吃個早餐！如果和女魔頭「joint call」就要把行程排得滿滿的，心臟內科，心臟外科，泌尿科，小兒科，……都要去run一次。不過早上，醫生不是在門診就是在開刀房，找到人的機率並不高，必須到下午４點以後才能見到比較多的醫生！這中間那麼長的時間，必須和女魔頭單獨相處，又要聽她喋喋不休，唸個沒完！張少康肚子裏有一個聲音「Shut up」經常要跳出來，不過sales

就是sales，總有些人事歷練的，肚子裏幹死了這個人，臉上還是堆滿了笑！

在市場跑久了，和醫生交手個數回，大概就可以練就這種功力了！

張少康也不忘捧捧女魔頭：「心臟內科黃主任說和妳很熟呢！」

女魔頭笑笑，心裏頭想著：「還不是用錢堆砌出來的！」

女魔頭對著張少康說道：「市場上有什麼困難嗎？」

張少康心裏頭很無耐，講一講有什麼用，還不是要我自己去解決！！公司的產品又沒有特色，只是吃不死而已！！

張少康笑笑：「市場競爭很大，同質性產品太多了，只能靠勤於拜訪來彌補了！」

女魔頭點點頭：「是啊！需要什麼資源講一聲，會儘量替你爭取的！」「不過，最先決條件是你的業績達成率必須１００％，我才好跟上面的人交代！如果業績做不到，你沒有獎金可拿，我也分不到，更遑論其他的support！」

張少康微笑了一下：「對啊！經理，我會盡全力的！」

「那我就放心了，下週我不來台南，因為下週有主管會議，我必須搭飛機北上，去拿下一季的業績，希望我們南區不要分到太多才好！天曉得，那個死Issac這次腦袋正常不正常，常常亂寫，亂掰，明明達不到的數字，他也寫得很高興！」

張少康聽到女魔頭提到Issac，很好奇地追著問：「聽說

上面那兩個頭頭處得不好？」

　　女魔頭本想閃過這個話題，因為未來的加薪、升遷都要靠上面那兩個頭頭，在背後談他們的事總是不好的，那天倒楣時，別人一定說是我李淑女說的！

　　看張少康一臉的期待，再加上才剛忙完，心防鬆懈了點！就點點頭：「對啊！在工作上有overlapping就一定會有心結的！」「理論上，Pete是Issac的老板，可是他們的工作內容大同小異，Issac一直覺得很多工作都是他完成的，可是為什麼必須一直聽Pete的指示？所以他常常嚷嚷著要跳槽！有一天，他會如願的，Pete目前還有地方要利用到Issac，所以還會容忍他一下，不過Pete畢竟不是省油的燈，他在工作上也留了很多手。上個月，陳經理就是因為工作上和Pete起了爭執，一氣之下，辭了工作，Pete馬上批准！陳經理幫了Pete很多忙，但是Pete是屬於翻臉無情的人，千萬不要以為他會求Issac留下來！」

　　張少康很高興又挖到公司一些秘密，不過裝傻一向是他的生存哲學！！醫院裏複雜的人際關係已夠他忙的了，公司內的八卦聽聽就好！！

31

有關係，沒關係
沒關係，找關係

美琳負責這家公立醫院已有四年之久，平日最常接到這種電話，「美琳啊！這幾天肚子怪怪的，想去看醫生，我該掛那一科？腸胃科的醫生你熟不熟？婦產科的醫生呢？幫我打個招呼，好不好？」

這種順水人情，美琳做太多了，同樣的台辭一直重覆：「劉醫師，下週二，我姑姑會去掛您的門診，要麻煩您一下了！」「張醫師，我朋友身體不舒服，會去掛您下週的門診，拜託您一下！」

人情世故嘛！有人打過招呼的，總會稍微多講兩句的，讓病人覺得受到較多的關心。所以到醫院去，有關係就沒關係，沒關係就找關係。有一個醫生朋友第一次聽我這麼說，忽然跳起來：「唉呀！我們才不需要這樣，我們對每一個病人都深具同理心，認識的，不認識的，男的，女的，年輕的，老的，一視同仁啦！」

因為和他認識十多年了，不需要客套，頂了他一句：

「我又不是在說你，你何必對號入座，就算已到指名道姓的地步，也不見得是在說你，天底下同名同姓的太多了！」

這位醫生朋友被我逗笑了！我繼續追下去：「如果我說現在有許多醫生欠缺醫德，難道你也要站起來否認嗎？你們醫生的圈子裏不是也常在互鬥互罵嗎？自古以來，同行相忌，文人相輕是也！」

這天早上美琳在公司裏忽然接到高雄分公司的王美雪打來的電話：「美琳啊！我婆婆最近一直咳嗽，因為她就住在北投，想就近去你那家醫院作檢查，可不可以拜託你幫忙照顧一下！」

「好啊！沒問題，給我你婆婆的電話，我和她聯絡一下！」

王美雪和先生在南部唸了同一家醫學院，畢業後，兩人都留在高雄發展！高雄是台灣南邊發展最迅速的大城市，馬路開發得又寬又直，倆人都喜歡南部的感覺，不像他們有些大學同班同學，一畢業就直奔台北找工作！

王美雪的婆婆，個子不高，６０來歲，頂著一頭白髮，臉上的皮膚非常乾燥，看起來很不也樂。美琳陪著美雪的婆婆在醫院照X光，作一些必要的抽血檢查，獨獨不見美雪的公公陪著來！又不好當面問美雪的婆婆。

檢查結果出來了，肺部長了腫瘤，需要開刀切除！王美雪急忙和美琳聯絡：「美琳啊！要不要包紅包啊？」

「美雪啊！不瞞妳說，雖然是公立醫院，但是會收紅包

的還是照收不誤，至於行情，我會去幫你打聽一下，5萬，10萬是跑不掉的！」

「美琳，以前我們去給醫生送錢，是為了工作，現在我們去送錢，是為了請他工作，真是的，醫生真的什麼都想拿啊？」

「美雪！醫生是高高在上的，你不送錢，他才懶得理你呢！」

「可是我們在南部，遇到的醫生大部份都蠻客氣的，你們台北的醫生風格好像不一樣啊！」美雪不解地問道，因為她只跑南部的市場，北部的市場及人脈她都不熟。

美琳在市場的年資比美雪還要久，人情世故見多了，大風大浪都經歷過了，對醫生的嘴臉也看透了，所以對醫院的一切都已沒有感覺！

「嗯！醫院或醫生也有派系，國防畢業的啦，台大畢業的啦！各有其體系的風格，所以在台北這些大型教學醫院，醫生的派頭可不蓋的！也比較容易自命不凡！沒什麼啦！看多了就習慣了！」

美琳淘淘不絕，繼續說道：「反正我們公司雖然不必去和醫生算C，但是送禮卷是一樣的意思啦！！另一種變換的手法嘛！禮卷等同現金，而且我們同時可以取得發票報帳啊！」

美雪畢竟是藥界的新人，竟傻呼呼地反問：「什麼是C？」

電話那頭，美琳狂笑不已：「C？Vitamin C！哈！

哈！哈！」

　　笑夠了，美琳才回答美雪：「commission是也！國語叫作佣金，也可以叫回扣！」

　　美琳知道太多公司的內幕，一起話頭就沒完沒了：「像我們公司那２個頭頭，他們去找藥劑部的部主任或總藥師之流的，都是送禮卷，輕、薄、短、小，一次３萬，５萬的，外人也看不出來，夾在資料袋裏送去，辦公室裏其他的人不易查覺的啦！」

　　「美雪啊！你還太嫩，是一隻菜鳥，等你混久了，什麼骯髒的事你都敢做！現在的你，去門診送送飲料，替醫生查一下文獻資料，給總醫師一些原子筆，小禮物之類的，再安排一些飯局，去刷刷卡，大概就夠你忙的了！」

　　說完這些，美琳又是一陣大笑！

　　「美琳啊！你剛剛說藥劑部部主任，總藥師之類的人，也需要送到３、５萬啊？」

　　「對啊！如果新藥進不了醫院，公司就沒有生意可做了啊！所以藥劑部是很重要的一關呢！部主任是最後一個決定的關卡啦！

　　不過，總藥師願不願意幫忙也很重要呢！總藥師負責排定藥委會的議事行程，負責整理新藥的各種資料，如果不打點好，他也可以故意漏東漏西的，這次通不過就再等六個月再來談一次！每家廠商都要爭取時效啊！！時間就是金

錢！！因為這些人掌握了資源分配權，所以廠商無不盡力巴結呢！」

美琳低頭看了一下手錶：「美雪，紅包的行情我會去替你打聽一下，我和那邊內科的比較熟，他們會告訴我的！問到後再打電話給你！」

美琳掛上電話，把桌面整理一下，提著公事包直奔醫院。

32

最愛VIP病患

　　這間最受老榮民喜愛的大醫院，隨著人物日漸凋零，老榮民的身影已日漸稀少。這些老病患，通常固定看一個醫生，由於是長期慢性病患，來醫院固定拿藥，量量血壓，和熟識的醫生聊一聊。一般人沒事可能不喜歡上醫院，不過到這裏「看醫生」對這些老榮民而言可是大事一件呢！！門診的護士，雖然找不到一個漂亮的，但是態度很親切，「老伯長，老作短」的，讓這些老榮民有如見到自己的家人一樣親切！

　　門診的護士，上下班時間較固定，適合已有家庭的護士小姐。不過，不知道是不懂得保養，還是醫院內「病氣」太重，二十個診間逛一圈下來，竟然看不到一張「亮麗」的臉孔。大部份的臉孔，灰暗，沒有血色，暗沈，一副腦袋缺氧的模樣！已呈現「歐巴桑」身材的更是好幾個，腰圍腫得快把護士服撐破了！

　　雖然老榮民的病患數量很大，一般民眾來此看病的也不少。而一些所謂的VIP病人，更是只找固定的醫生。老實說，醫生很喜歡接待這些VIP，因為可以藉此上上報，出一下名！

醫生這個圈子很競爭，上過報紙，替名人開過記者招待會的，很容易讓人產生一種幻覺：「這個醫生很有名，醫術一定也很好！」其實默默地堅守自己醫生本份的好醫生很多，他們看門診時很專心，很用心，不會遲到，按時查房，也很願意提供年輕的住院醫師一些醫學訓練。這樣的人，通常話不多，看到記者就會閃躲，看到廠商也只微笑以對，並不會索討任何東西的！

這間大醫院，是是非非真的好多好多！！

有護士在宿舍內，注射針劑自殺致死案例。大概是逃不過情關吧！附近有一間較小型的私人醫院，也曾發生一名護士把車子停在停車場內，然後選擇在車內結束了自己的一生。「感情」只是人生中可以選擇的項目之一而已，為了這麼一個小選項而用一輩子來換取，實在是不智之舉。工作可以容許挫折，感情生活可以容許挫折，投資股票可以容許挫折。看開了，人生可以選擇的項目忽然多了很多！！

護士的生活圈子很狹窄，很容易和一起工作的醫生發生感情！如果兩人都未婚，實屬好事一件，應該得到大家的祝福！如果不幸和「使君有婦」發生了婚外情，那可得不償失啊！在每家醫院多多少少都有一些案例，只是知道的人都只限於同一個圈子的，外人恐怕無法窺視其中的秘辛。

曾有一知名作家，住院其間在病房內上吊自殺。那位第一個看到這場景的護士，我想她一輩子都忘不了那容顏吧！

數年前，曾有一名住院醫師因注射顯影劑不當而導致院內感染瘧疾事件，那個案例不但導致數名病患死亡，更不幸的是，這位年輕的住院醫也因壓力過大，自殺身亡。

比較新的「新聞」大概就是「２００名主治醫師涉集體索賄」事件了。其實，這種事很難查證！外人永遠只能霧裏看花，永遠只是「疑雲」一片。

「提供」１０萬元給科裏辦望年會，算不算違法？「捐贈」１０萬元給某基金會，算不算賄賂？總醫師開口索討聚餐費算不算索賄！醫師拿著書單，指名其中的二本原文書時，你要不要替他買單？拜託醫師進行「人體試驗」，他開口要６０萬元的經費，廠商敢跟醫生討價還價嗎？醫生開口邀廠商打小白球時，廠商敢不去買單嗎？「名目」太多了，不勝枚舉！！總而言之，Money makes the mare go！

Money talks！

夾在牛皮紙袋中的禮卷，又有誰看到了？唯一的證據大概就是各廠商內部的文件了，每一筆交際費都要申報，而且都要附上統一發票，公司才會付給業務代表這筆由業代先代墊的費用！申報書上，醫院名稱，醫師名字，一目了然。當然也可能會有不肖的業務代表，亂填醫師的名字，那就得看你的運氣了！醫師看到不熟的業務代表，通常會提高防備心，不過一回生，兩回熟，日子久了，自然會哈啦哈啦一下！也有老實的醫生被廠商設計的，這社會真是爾虞我詐啊！互相利用罷了！

　　多年前，心臟內科有一個老醫師，為人極其和善，與世無爭，在那所醫院裏算是異數吧！很不幸地，在下公車時，司機太早啟動車子，讓他不小心跌倒，撞傷了頭部，就這樣往生了！憾事一件。

　　提到所謂的VIP病人，不外就是一些政黨人物，或社會上較常上報的名人！通常這些VIP一有病痛或住院的消息傳出，記者就會在報上闢個角落，報導一番！這時他們的主治醫師為了闢謠，以正視聽，就會召開記者招待會，把這個ＶＩＰ的真正狀況，語帶保留地解說一番，一來滿足了社會大眾的八卦心態，二來又保護了病人的隱私，三來又製造了自己的曝光機會！

　　一舉多得。等到ＶＩＰ病癒返家，還會稍來謝卡及贈禮！！這些ＶＩＰ的謝禮，一定符合自己的身份與地位的，不像我們一般小人物，幾佰元的小禮物就買不太下去啊！哈！哈！哈！

33

送大禮，主治醫師親自操刀

美琳輕輕敲了鄭醫師辦公室的門！聽到裏面有回音，才輕輕推開！「鄭醫師，我有一個同事的婆婆最近要在外科開刀，不知道有沒有什麼要注意的？」

「來跑我們內科就好了，外科不要去touch！」

「為什麼呢？」美琳不解地問！

鄭醫師支支唔唔了一下，欲言又止，看來外科那邊內幕重重，在同一個圈子生存，鄭醫師也不好講得太白！！

「現在最重要的是，要包多少才會順利排上刀？」

鄭醫師曖昧地笑了笑：「３萬大概可以很快找到病床，５萬元以上才會由主治醫親自執刀！」

鄭醫師又笑了一下：「病人被全麻之後，那裏知道是誰在操刀？住院醫師也要練一下吧！成為主治醫師之前，一定要多多練習，手才會越來越巧，也會越開越順利！反正胸腔縫合後，沒有人看得到內層縫得好不好！我自己的親戚，朋友要開刀，我一定會介紹到我同學那邊，這裏……嗯！外科那邊的風評與風氣都不太好，又要多花錢，何必呢？」

晚上，吃過應酬飯後，回到家已是１０點２０分了，美琳急忙拿起電話，打了通長途電話給美雪；把早上探到的消息，轉告給美雪，其他就讓美雪自己去作決定了！

醫界的「紅包文化」從來沒有間斷過！

「拉關係、送紅包，逛醫院」是現今就醫文化三部曲。

有許多病人，送過紅包後，如果手術順利，大多選擇保持緘默。不過也有許多病人，送過紅包卻得不到預期的結果，憤而舉發醫生的不法情事！！公立醫院的醫生都具公務人員任用資格，收取不當的利益是種「瀆職」行為！！醫病關係真的是大不如前，有些病人變聰明了，送「紅包」時，會把「錄音筆」準備好，也會把情境中可以用到的「人證」準備好，以備將來不時之需！也才不會賠了夫人又折兵。

在這間全國知名的公立醫院裏，各大護理站都貼了這樣的公告：「本院工作同仁為您服務係屬份內事，請勿饋贈金錢或禮物。」不過，其他病人都有送紅包，你敢不送嗎？

醫生的姿態高高在上，病人來找我是來求我，廠商來找我也是來求我，要我放下身段，為病人服務？門兒都沒有！

已在業界逞一方之霸的Ｐ，就算有違規的行為，下面的主治醫師或住院醫師也不敢檢舉啊！開玩笑，可別斷了自己以後的生路啊！現在的醫生，社會地位已大不如前，大概和其不良的形象與常常登上社會版的新聞事件有關吧！

34

醫生娘

　　在傳統的觀念裏，女孩子嫁給醫生，是一種最好的歸宿。婚後自然升格成為醫生娘，恐會羨煞了不少手帕交。就這個圈子看來，有許多醫生也娶了醫生太太。有些是大學時代的同班同學，有些是同校學長學妹的關係，有些是到醫院實習後，被「前輩」追走了！有些醫生的太太同時也具備醫事人員資格，有護士，有醫檢師，有藥師，有牙醫！也有醫生娶了空中小姐，更有一部份的醫生太太，在婚後成了「家庭主婦」！！

　　說真的，不管嫁給那一個行業的人，為人妻的基本美德應該是不變的！或是說，一個女人該有的談吐與氣質，不管在婚前或婚後應該維持同樣的品質。有一個泌尿科的王醫師，年輕，和善，看得出來前途無量，很得主任的喜愛，可惜他的婚姻生活似乎一直不順。每次大夥兒聚聚，大家總是把太太一起帶出來，唯獨他太太一直沒出現過！一問起他太太，他就把頭低下去，看來滿肚子心事。因為和王醫師的姐姐很熟，有一次我們閒聊起來，才知道王醫師的太太脾氣很

爆躁，和別人都格格不入，和夫家的人也沒辦法相處，每回接到女孩子打電話找王醫師，就把對方痛罵一頓，活像潑婦罵街！！王醫師脾氣很好，對太太這些行徑也無可耐何！王大姐對我抱怨：「其實我們對她也很頭痛！」

自古，女怕嫁錯郎，男怕娶錯妻。

張醫師的太太在家裏帶小孩，操持家務！那天我們約了一起吃飯，她告訴我，她和張醫師要到日本玩7天，接下來，她一直抱怨某家藥廠的業務代表作事不行，真不可靠，弄丟了她先生的某個重要證件。

「都是那個sales害的，讓我們到現在簽證還辦不出來！」我不知道該怎麼接話，只好低著頭猛吃！！說真的，雖然我們也很忙，可是不管作什麼，我們一定自己來，把別人當「下人」使喚，不是正確的心態。過了2天，我打電話給張太太關心一下她們的旅遊，這次她的口氣鬆軟了不少：「都是張醫師自己糊塗，證件根本沒有交給那家公司的sales！」可憐的sales，啞巴吃黃蓮，有苦說不出！！

也難怪，sales的淘汰率很高，在醫院的門診，餐廳，lobby，每隔三、五年就會出現一批新面孔。不過，那些老的是絕對不會變的，怎麼說呢？老sales大多已在醫院內進了自己的藥，紮紮實實地當起了老板。聰明的人，一邊領公司的薪水，享受公司的福利，一邊自己綁藥，憑藉著多年來在醫院內耕耘出來的人際關係，又恰如其份地掌握了醫院進藥的

流程。就這樣子，享受著藥品的利潤，從開國產車，開起了
進口車，更有甚著，開著賓士３００，接送醫師及藥局主任
呢！

35

一塊利益大餅

　　台灣的藥品市場是一塊利益大餅。因為台灣人「習慣」相信醫生，相信醫生的技術，相信醫生所講的話，也相信醫生開出來的藥。台灣人喜歡吃藥，所以創造了「經濟奇蹟」！！這種利潤，想要分享的人太多了，醫院的院長，科室的主任，藥局主任，藥廠的總經理，高階主管，業務代表，甚至民意代表。藥局主任可以和廠商合作，事先談好價碼，假定每一顆藥，藥局主任可以分到１塊錢，只要把這個藥品護航進醫院，假定一個月的使用量是３萬顆，那光靠這「味」藥品，就有３萬元的額外收入！！而且藥局主任可以和多家廠商合作，或和同一家廠商合作多種藥品，總之，收入絕對比薪水還高出許多倍。

　　當然，也有一些藥局主任明哲保身，並不想和廠商利益掛勾，只想公事公辦。就有一些廠商，找民意代表去關心，試圖影響藥品的招標過程！當然，事前事後，這位民意代表也享受到了「我辦事，你付錢」這一部份的利潤！

　　台灣人愛吃藥，把腎臟都吃壞了，也填飽了別人口袋裏

的「麥克，麥克」！

　　自從實施全民健保後，各家藥廠無不卯足了勁要爭取高單價的健保給付！怎麼說呢？一顆抗生素如果健保給付價是４０元，一天早、晚各一顆，開七天份，共１４顆，就是５６０元，可是醫院是以半價進貨，也就是說成本只有２８０元，但是向健保局申請５６０元！賣一顆賺一顆。如果健保給付價是６０元，那更好，醫院可以賺得更多！藥廠當然也希望賣些高單價的藥品，６０元的5成利潤優於４０元的5成啊！

　　這就是「藥價黑洞」的核心問題啊！表面上，藥品採購有其標準流程，藥價審議也有其作業程序，至於人情、人性在其中蘊釀到何種程度，影響到什麼層面，外人不得而知！！

　　一般老百姓，只聽到健保費的漲聲響起！！真正的贏家就是「作莊」的那個人，卻一直哭窮啊！健保局的經營方式就像一間大公司，如果沒有賺錢怎麼有辦法核發四個月的年終獎金呢？藥廠、健保局、醫院是三贏局面，苦的只是這些付不出健保費的小老百姓啊！

我不藥
黑洞

36

狐假虎威

Kevin剛進公司，年紀輕，又沒有任何工作資歷，主管決定讓他接手這家位於仁愛路的中型教學醫院。雖然只負責一家醫院，但是因為公司在這裏進了八、九種產品，而且大部份都是門診用藥，早上要call門診，下午要call門診，甚至連夜診也不能放過！所以算一算，工作量也不輕，公司希望他可以作深一點，而且最好全天候泡在這家醫院裏！

1月25日是小兒科的望年會，地點就選在福華。Kevin事前已被阿長安排好了，負責送四位護士到會場。Call完下午的門診，Kevin去小兒科和護理長打了招呼，並且交代好6點時，車子會停在安和路上，從醫院大門出去左轉走到路口就會看到。這裏超難停車的，又是台北市的菁華地段，巷道又不寬敞，車子總要繞個好幾圈，能停在收費停車格裏已算幸運！一天停下來，要多花200多元呢！

誰叫Kevin倒楣，被安排到這裏？想騎摩托車來醫院，又怕臨時被醫生派公差，要開車接送啊什麼的！所以一個月下來5、6仟元就這樣報銷了！！小sales，停車費又不能申

110

報！！難怪公司內那些人汲汲營營，無不努力往上爬，爬到了高位，才能擁有地下室的停車格，和醫生交際應酬沒有預算上限，牌照稅，燃料稅，停車費，修理費用都報公司帳！！而且下游的經銷商無不極力巴結，逢年過節的禮卷、禮品沒有斷過！三不五時，經銷商還會帶去酒店歡樂一番，當然，目的就是要保住經銷的權力與利潤！經銷商捧原廠的L.P.就如同藥廠捧醫生的L.P.。

　　這是食物鏈，每個人都是為了自己的生存空間在奮力搏鬥著！

　　Kevin的車子準時在6點停在約好的地點！！左等右等，就是不見四個女孩子的身影！！Kevin認識科內所有的醫生，至於護士嘛，就不那麼熟稔了！！不過護理長是一定得拜訪的！！要辨識護士不難，大概是她們平日都穿護士服，對服飾的品味缺少訓練吧！大多的人穿著都不合時宜，顏色搭配一敗塗地，身上衣服的顏色絕對超過三種以上，也不懂得選擇適合自己體型的服裝，胡亂塞進衣堆裏，自以為很炫，實際上好「聳」呢！懂得掌握髮型的也很少，有的頭上堆了一堆雜草，看起來好沒有精神！！

　　已過了15分鐘，Kevin趕緊用手機撥了電話給護理長，過了5分鐘，才見她們匆匆跑出來！！其中一個一打開車門，劈頭就開罵：「我們主任最討厭人家遲到了，你這樣子會害我們遲到哪！」

　　Kevin等得急死了，卻被這個護士莫名其妙地罵了一頓，心中很不爽，也回敬她：「小姐，我在這裏等你們２０分鐘了，妳們這麼笨，不會出來嗎？我和妳們護理長是約６點整喔！他媽的，我是計程車司機嗎？」

　　這個護士被Kevin嚇到了，一句話也不敢再回！

37

開刀房裏的春天

　　開刀房裏是一個封閉的社會。外人難以一窺究竟！！就算你有幸親臨現場，等Mask一罩，吸了幾口氣後，你大概也迷迷糊糊去和周公下棋了，到底是誰在你身邊走來走去？有幾個人在交頭接耳討論事情？又是誰一直講黃色笑話？收音機裏傳來那個歌者的歌聲？你一概不知！剛開始你還知道你的主治醫師進來了，靠著聲音辨識他，不過旁邊的人都戴著綠色頭罩，口罩，一身綠上衣及長褲，你已不知那一個人才是他！！

　　頭上的大燈一亮，你已成了手術抬上的一具人體！！

　　開刀房裏可以發生很多事！可能因急救無效而die on table。大部份的人可以順利地被推進恢復室等待甦醒！！運氣好的人，作完夢之後，會有人打打你的臉頰，呼喚你的名字，等待你睜一下眼，確定你已安全過關了！

　　開刀房裏也可能發生許多七情六慾！！有一個頗有名氣的外科T醫生，就是和開刀房裏的護士小姐愛上了，並賦同居，而且還生下了一個男孩！！可惜的是，他的醫生太太一直

不願意離婚，不甘願啊！和他從年輕時代就一路攜手走來，現在他愛上了一個年輕的護士小姐，說走就走，太絕情了！男人就是這樣，當他翻臉時，甚至可以喊出：「我從來沒有愛過妳！」不過，不管怎麼樣，這對夫妻，空有其名，並無其實，孩子日漸長大，要報戶口，進入學校就讀，最後的結局可想而知！！醫生的感情世界可以比外面其他行業的人，多一些複雜性與變化性！！我們就算同情這位同屬醫界的太太，卻也無可耐何，這位大大有名氣的醫師，和我們也很熟啊！

另外在YAHOO！奇摩搜尋網頁key入S醫師的全名，可以找到有關他的報導。因涉及「性騷擾」而丟官，並且上了報紙，電視新聞，一時之間聲名大噪！我想，在開刀房裏的麻護們，現在應該都對他避之惟恐不及吧！

經由一位耳鼻喉科L醫師的口述，得知這位麻醉科S醫師和太太感情不好，將太太和孩子送往加拿大，自己則選擇和一位年輕漂亮的麻護雙宿雙飛。不過，聽說這位麻護後來因故離職到其他醫院去了！前幾年在醫學會會場外，廠商的攤位上，我還看過這漂亮的女孩一面。如果這個女孩後來看到這些新聞報導，不知作何感想？

也聽過某麻醉科的主任和護理長有一腿的傳聞！！護理長已婚，卻每天搭主任的車子下班，日子久了，總會引來別人的閒言閒語啊！

每天關在手術室裏，和外界接觸機會不多，失去許多認

識新朋友的機會！生活圈子太侷促，而且朝夕相處下來，確實很容易擦槍走火。

最不願看到的，就是未婚的年輕護士愛上已婚的男醫師！！一時的天旋地轉，換來的苦果通常必須由自己承擔，在這個圈子二十年了，聽過太多這種case！最後，通常是女方受不了壓力離職了！通常，院方不會要求男醫師離職的！更甚者，女方因此而自殺身亡。院方的社工人員會建議女孩子，休個假，出去走走，呼吸一下新鮮的空氣，參加一些聯誼活動多和年輕男孩交換一下名片，擴大交友圈，多見見世面，多體會一下不同的朋友圈，世界上沒有那一個男人好到讓我們非要他不可！！送給這些誤入感情叢林的姐妹們，一首梁靜茹的「分手快樂」－揮別錯的才能和對的相逢。

麻醉科醫師的風險很高，不是只讓病人睡著就好了，要隨時監測病人的生命現象啊！偶而也會看到麻醉科醫師惹上醫療糾紛的案例！也有病人去抽脂抽到掛掉的，你說醫生倒楣不倒楣？也有病人經過麻醉後沒有再醒來過，成了植物人的，你說醫生衰不衰？也有麻醉科醫師有感於地位的低落，想往別種專科領域發展的！

麻醉科醫師和外科醫師的關係最密切！搭配得宜會讓手術過程更順利！外科醫師一有聚餐機會通常也會邀常與他合作的麻醉醫師同往！！「麻吉、麻吉」一番！！

現在的年輕住院醫師選擇發展的方向和二十年前差很

多！以前婦產科很紅，現在由於生育率一直下降，婦產科診所門可羅雀，婦產科醫生轉往發展不孕症，或以「子宮切除術」來獲利。有一個朋友的母親因子宮問題而求診，第一個婦產科醫師要她拿掉子宮，經我們再介紹到別的婦產科醫師那邊，接受治療後，現在狀況穩定，漸漸恢復正常的生活了！台灣的婦女，因無知而讓醫師拿掉子宮的，不知凡幾？

有許多女醫師選擇皮膚科作為日後的發展方向！！男男女女，那一個人不愛美？臉上有青春痘就會讓青少年抓狂，女人臉上有了黑斑就會失去自信的光采！！除了偶而投予抗生素之外，大部份是外用擦劑，沒有醫療風險的！！而且常有機會拿到廠商的Sample，荷包又省了一筆！如果嫁給整型外科醫生就更好了，1＋1＞2，一起合作個醫學美容診所，肥水不落外人田呢！

整型外科是許多年輕醫生未來的夢想！！將來可以獨立開業，不必待在複雜的醫院裏受氣！！而且自己動刀自己賺，不必和醫院抽成！！多好啊！大多外科手術需要借助大醫院的醫療團隊，要脫離醫院不容易，唯獨這整型外科，如雨後春筍一家一家一直開呢！！

38

燈紅酒綠醉意濃

　　走進「黑美人」，公司的兩位主管Pete及Issac不禁精神為之一振。今晚可要好好地relax一下！要好好享受一下被奉承的樂趣，而且又是經銷商的老板要買單，今天他們純粹是客人身份呢！！年輕時，在第一線跑市場，常要帶醫生去北投吃飯、唱卡拉O.K.，有些醫生吃過飯後會找藉口溜之大吉，有些醫生則是興奮地等著下一「攤」！不管是那一種消費，反正都有藥廠的人買單！！醫生純作客的啦！而今天他們不必去注意客人是否滿意，反而有人來注意他們的需求，真是爽啊！

　　裏面美女如雲，身材、氣質、談吐真的是一把罩的！！公司內部那個產品經理，長得好粗壯，頭髮剪得好短，活像個「男人婆」，要不是常常要和她開會，追蹤工作進度，Pete及Issac才懶得看她一眼呢！聽說她老公在C醫院新陳代謝科當醫生，想必是一個沒有品味的男人吧！如果要他們和「男人婆」親嘴，相信他們寧可獨自一個人啃雞腿！

　　再看看公司裏那些跑外勤的女業務代表！！一襲幹練的

套裝穿下來，好犀利的感覺，頗令人感受到莫名的壓迫感！她們的老公，心理調適的能力必須要夠強才行喔！

「黑美人」裏的女孩子一點都不黑，皮膚白晰亮麗得很呢！嘴巴好甜，聲音好輕柔，把他們一天累積下來的壓力全都軟化了！可真希望每天都能享受到這溫柔鄉！！不過，一個月才領１０幾萬，不夠在此的開銷啦！還是希望經銷商的李經理要常邀約啊！李阿德是Issac大學藥學系的學弟，作人很上道，平日兩人也常通電話，互動算是很好的！！阿德如今在那家公司是老板之下，百人以上的呢！在原廠上班，只要請三、四十個sales來跑一些大型教學醫院就好了，一來人員不多，好管理，二來有些帳目可以靠經銷商那邊處理掉！所以原廠和經銷商之間算是「唇齒相依」「魚幫水，水幫魚」吧！

阿德和他老板阿博合作已超過十年了！！老板嫌嫌手下，手下嫌嫌老板都屬正常現象。阿德最常抱怨的就是獎金制度，他總覺得作得那麼辛苦，獎金卻總是只能領到一點！阿博老奸巨滑，他總故意讓阿德交出漂亮的成績單，卻又領不到獎金，反正阿德的底薪那麼高！

在「黑美人」裏所享受到的一切，也算是爬到高位之後的福利之一吧！這裏的女孩一直勸酒，Issac酒量是不好的，而且玩夠了還要開車回石牌呢！萬一被警察攔下來就完了！如果被太太聞到酒味，就告訴她和醫生在天母聚餐吧！管他的，度過今宵，明天的事明天再去想它！

39

我們一家都躁鬱

　　王安妮和李碧雲在公司內是一對死檔！安妮已婚，先生在一家外商大藥廠當經理！碧雲未婚，感情路也不太順遂！！她們經常相約中午時分在醫院附近的咖啡館裏吃午餐！！安妮一看就知道是個婚姻不幸福的女人！！從她的談話中，得知她婆婆和丈夫都是行徑怪異的人！

　　安妮的婆婆退休前，是南部一所公立幼稚園的園長。她的婚姻似乎也不幸福，她和先生住在一棟三層樓的透天厝裏，她本人住２樓，先生住３樓，各過各的！！有多少年沒有行夫妻之實已不可考！！聽安妮說起她婆婆的事，碧雲會起雞皮疙瘩呢！這位張婆婆在安妮婚後就不停地找她麻煩，講話羞辱她。有一次當著安妮先生的面前，對安妮說：「那時候還有另一個人選，算命的說妳的八字不好，怎麼知道最後娶了妳！」另一次，張婆婆跟安妮說：「中午那些碗都是家榮洗的，所以家榮實在很乖，安妮啊！我還以為是妳洗的呢？」家榮是她二兒子！

　　我相信以安妮的生活圈子而言，大概沒有人會用這種酸

溜溜的口氣說話吧！聽說她婆婆還是台南師範畢業的呢！安妮恨死她婆婆一輩子，她不知道在婚前，先生劈腿，更不知道有誰規定碗一定要由媳婦來洗！

有一次，她們在家中吃飯，她婆婆翹起左腳，踩在椅子上，右手揮舞著筷子，大罵幼稚園裏的老師陳麗花：「兒子啊！你知不知道那個陳麗花有多可惡！經常故意搞我呢！有一天一定要想辦法把她搞回來！」

安妮的先生不停地呼應他的母親：「對！沒錯，一定要想辦法整整她！」這頓飯，就在這種氣氛之下進行著，安妮說她一輩子忘不了有女人吃飯時會翹起一隻腳！

安妮告誡碧雲，婚前一定要去看看未來的婆婆！！千萬不要以為結婚是兩人的事，很多人離婚的原因是因為第三者：婆婆！！當婆婆的要鑑定媳婦，當媳婦的也要好好鑑定婆婆！

學歷不能決定一個人，個性，修養，談吐，衣著都會塑造出你個人的形象！

安妮並不喜歡去南部的婆家！！能避就避，能躲就躲！安妮心目中的優質女人是：說話輕輕柔柔的，慢慢的，不多話，經常微笑，少抱怨！不過，符合這種條件的女人好像不多！！現在的女人已快變成男人婆了。說起話來，咄咄逼人，走起路來像在慢跑，愛批評別人，甚至也抽起煙，喝起酒來了！！

碧雲最近不小心愛上一個已婚的男人，對方還告訴她，

會和妻子離婚，可憐的碧雲，還真的相信他，並且等了一陣子！！這天，碧雲終於在安妮的面前痛哭失聲！安妮能作什麼呢？除了幫助碧雲快點走出這傷痛外，其他，真的愛莫能助！

安妮慢慢地感覺出自己的婚姻已和婆婆一樣的狀況了！夫妻倆，各忙各的，各走各的，過著有名無實的夫妻生活！！從什麼樣的家庭出來的，就是會變成什麼樣的人！！

安妮說她先生，一週七天有六天晚上都不在家，一直要到半夜1點才會回來，如果安妮坐在客廳等他，他的眼神會由畏縮轉為怒視！她的先生老張總是說他去night call，去拜訪醫生，不知道有那一個醫生每天要陪老張聊天聊到１２點半，再讓他花半小時從林口醫護社區開車回台北？安妮知道這個婚姻生活已毫無品質可言，心裏頭已漸漸興起分手的念頭！安妮每回想和先生親熱，總換來先生的怒罵，並且對她大吼！「我做那件事的目的只是為了想生小孩，小孩已經有了，不必再做了！」

老張也常在家中對太太及孩子吼叫，一副歇斯底里的模樣！不過，外面的朋友都對老張的彬彬有禮，老實的模樣稱讚有加呢！真的，人前人後有一大段距離！

老實說，老張應該去看精神科醫師，不過很可惜，他只相信他自己！別人的建議他都當「放屁」！

有一天，她們的家庭友人打電話來給安妮：「安妮啊！我這裏有一帖中藥，可以幫助妳比較容易受孕，要不

要試試看？」

朋友總是鼓勵他們再生一個。

安妮苦笑，我們根本沒有夫妻之實，要如何受孕？

沒有多久，就聽說安妮離婚了，只知道老張對外面的朋友說道：「她和我媽媽不合！」安妮從沒有表態，也沒有告訴朋友，其實這１２年的婚姻只是一種假象，她只是被人利用而已！

離婚後數年，聽說老張又再婚了！原來他又利用了另一個不知情的女人！老張是長子，他也有不得已的苦衷，他必須利用婚姻來保護自己！來掩護真實的自己！

醫生圈子裏也有許多類似的case！！其實「他」與「他」之間會有一種感應，知道對方是可以交往的同類型人物！

女人變成了男人，男人卻又扮演了女人，這世界難怪紛擾不休。

選擇當精神科醫師應該是個不錯的決定，現代人患了躁鬱症的還真不少，看完門診就可以回家，享受較佳的生活品質！！

許多年輕的醫生就把精神科當成第一優先考量的選擇呢！

永不停止的鬥爭

　　每家公司的文化有些許差異存在！！有的是業務部門很強勢，主導藥品市場的進藥，業績，人脈運作等相關工作。有的則是內勤的行銷部門較受重視，居於領導地位。如果你的個性喜歡從事業務工作，去業務部門強勢的公司較吃香，而且保證是一分耕耘一分收獲。如果你喜歡內勤的工作，可以去重視產品經理的公司上班。

　　一般而言，外勤的收入優於內勤的收入。但是因為工作時間不固定，壓力很大，應酬又多，難免傷肝傷肺的。就像外科醫師，一檯刀可能要開上八、九小時，下了刀，戰線可以延伸到家中，隨時要處於備戰狀態，on call 24小時呢！外科醫師有許多「釋壓」的方法，罵罵住院醫師啦，去外面找樂子啦，因為每個外科醫師的個人特質差異很大，所以所用的方法有「正面」的，也有「負面」的！

　　曾有一個住院醫師，因為所寫的報告不合主任的胃口，當場被主任從窗戶丟到外面去，這名住院醫也只好鼻子摸一摸，

趕緊搭電梯到一樓去撿回他的心血。當個住院醫師真的好辛苦，和「學徒」有異曲同工之妙。我相信每個升上主治醫師的人，都會大大鬆了一口氣，並且有一種往事不堪回首的感覺。你只要注意那些young Vs.，換上白色長袍之後講話的態度，氣勢，就可一窺究竟！

現在在各大藥廠，多喜歡錄用有碩士學位的藥師，因為大學畢業生滿街跑，一點兒也不稀奇！如果你沒碩士學位，但有幾年的市場經驗，也會受歡迎的！！因為這種人進了公司內勤後，作出來的計劃書，比較容易和市場接上軌！！

說穿了，每一家公司的內勤和外勤人員永遠在鬥爭著。外勤人員嫌那些關在辦公室吹冷氣的人，只會紙上談兵。內勤人員看不起外勤人員，認為他們只是跑腿的！

有一些真正的大公司，Sales team很強，什麼事都敢下手，只要能夠搶到市場的大餅。反觀，有些公司的Sales Force比較weak，這種公司大多以消費性產品為主，例如奶粉啦，營養品啦，而藥品市場只占公司一小部份的業績。而消費品市場因為有廣告預算，業務人員大多作一些後續服務的工作，所以不需要太強勢的業務人員。其實在與公司主管interview的過程，大概就可以嗅出此家公司是屬於那一種type的！！選對公司，發展順利，選錯公司，就要浪費時間，又得不到工作上應獲致的成就感！當然，騎驢找馬，也是一種選擇！只是又要再一次適應新公司的文化。

41

嘰嘰喳喳

這堆作業務工作的年輕人,最喜歡在週一中午開完會議後,聚在一起高談闊論!聊公司主管的是非,聊醫院裏的是非,還有醫生的私生活。醫生的圈子很狹窄,就算從這家醫院跑到那家醫院,就算從台北院區跑到高雄院區,有些事情一輩子會跟著你!!鬧過「性騷擾」事件的,鬧出過人命的,鬧出過醫療糾紛的……不只醫生圈子會流傳,藥廠的人也會傳。所謂「人紅是非多」是也!

在藥廠工作的人也會換公司,把公司的是非或醫院的是非也一起帶到新公司去。總而言之,這個圈子很熱鬧,有辦公室政治,有金錢遊戲,有婚外情,有上司故意整下屬的,有下屬設計上司的,有你得罪不起的人,有好醫生,有對廠商勒索的醫生,有怪怪的醫生,有令人佩服的醫生,有明目張膽嫖妓的醫生,有出門必帶太太同行的醫生,天下之大,真是無奇不有!

這天,五個北區的Sales聚在復興北路的「太好吃」吃飯。今天最精采的話題莫過於 Marketing Manager要離職的事!

David最先開口了：「老二要走了。」

美琳哼了一聲：「So what？」

王大偉：「美琳姐，你是那根筋不對勁了啊？老二得罪過妳了啊？」

美琳甩甩頭：「看不起那種男人！沒有能力，只會捧L. P.！」

David笑到口水都快噴出來了：「老二不捧L．P．，他還能作什麼？」

大家又是一陣狂笑！

Jenny邊吃又邊抱怨：「最近被開了不少罰單，我最討厭警察了！」

美琳笑瞇瞇地：「哈！哈！保證妳以後一定嫁給警察！」

「因為你越討厭的人，你就越容易嫁給他！」美琳老世故了：「我有個朋友，說不喜歡矮個子的男人，最後她老公竟然和她一樣高而已！！還有……還有，另一個說她絕對不嫁給年紀比她小的男孩子，結果呢？老公小她五歲！嗯！還有一個更妙的，她說這輩子最討厭的就是醫生，結果，她老公的職業正好就是醫生，所以啊！大話別說在前面，別為自己預設未來！」

Jenny趕緊改口：「我真正……真正最討厭的是億萬富翁！」又是一陣哄堂大笑！

老二在公司已待滿１５年了，為了能拿到豐厚的離職金，他忍耐到今天，終於和淡水一家外商公司談好了一切條件，然

後在上週送出了辭呈！事實上，他也待不下去了！他是個個人好惡心很強的人，只要得罪過他一次，他絕對不會就這樣子算了的！不過，他對那種會替他提公事包的人卻讚譽有加呢！不但懂得捧老大的L. P.，也很喜歡被捧L. P.！！

王大為本來就沒有計劃要長期待在這家公司，所以他並不想去替老二拿公事包，Jenny，美琳都是很有自信的女子，更不屑去捧男人的L. P.！

Rose最討厭的是Jason，她的直屬主管，老大跟老二她倒覺得還O.K.！Rose最不屑Jason的是他的行徑：「汲汲營營，一副明天就想當經理的嘴臉！」王大偉替Jason說話了：「他又不是本科系畢業的，他去別的地方也混不出名堂的啦！當然只好在這裏力求表現，替老二拿公事包，然後多往上面打打小報告，你們看他的眼睛常常轉來轉去的，心機重得很呢！不好好下市場，中午都跑回來陪老二吃飯！」

「Jason也可憐啦！３０多歲的人了，沒有一點事業基礎，他把住老二的屁股，看看老二能不能拉他一把，讓他坐電梯爬到高位！」王大偉早就看透了Jason的計劃。

Rose抿抿嘴巴：「管他什麼Jason，反正我有自己未來的生涯規劃！」Rose因為沒有讀過大學，正計劃去美國讀個學位！她的父母雖已離婚，但看起來經濟狀況並不差，經常買些名牌服飾，名牌皮包之類的！妹妹在某家航空公司任空中小姐，跑北高航線，氣質、談吐都很差，和Rose差異性很大。一

般人對空姐的印象是高雅、美麗、大方，但是看過Rose妹妹的人都敬而遠之，那不是一個「粗俗」所能形容的！

後來Rose也真的去唸了個學位，回來後進入龍江路的一家藥品公司任職內勤。

台灣的藥品市場蓬勃發展，永遠有「業務代表」生存的空間。這家作了不爽，可再跳槽！！有一天不想再作業務代表也有其他發展與發揮的空間與機會！不會有美國劇作家亞瑟米勒（Arthur Miller）筆下的「推銷員之死」（Death of a Salesman），那樣不堪的結局。

美琳在三年後，也離開了公司，先到國外去遊玩了好長一段時間，然後回到台北開起了公司，專心發展自己的理想！！

一堆人扯啊扯的，有人又想到上次在附近一家五星級飯店吃飯的不愉快經驗，因為王大偉等一行人，那天在其一樓的義大利餐廳享受美食，王大偉點了一杯奇異果果汁，沒想到喝了幾口覺得味道怪怪的，心想這麼有名的飯店，不可能提供壞掉的果汁吧？不死心，又嚐了一口，確定有酸掉的味道，才請來服務人員把這杯換掉！但是留下的印象卻是一輩子不想再去那家飯店吃飯了！！

表面上的東西和實際上的內容經常是有出入的！「內行人看門道，外行人看熱鬧」，醫界這個大染缸，大概只有身歷其境的人才能明白一切吧！

42

拉人頭

楊醫師是台北Ｃ醫院主任級醫師。這天，他撥了一通電話給David。「王大為啊？我是楊醫師啦！」

「喔！主任，您好，有什麼需要我幫忙的嗎？」

「唉呀！平日多虧有你，幫我許多忙，這個週末有沒有空？我請你和太太、小孩一起去健康俱樂部吃飯，我是那裏的會員，你們也可以準備泳衣，裏面有溫水游泳池，或者帶一雙球鞋，到健身房裏跑跑步。」

「主任，很謝謝你，這樣很不好意思呢！」

「別客氣了，王大為啊！都是老朋友了！」

晚上，王大為將楊醫師邀約一事，告訴了太太！！

王太太一聽，第一個直覺反應就是：「黃鼠狼拜年，一定沒安什麼好心！」

「大為！一個主任要請廠商吃飯，那恐怕是太陽從西邊上來了！」

「太太啊！他都已開口邀請了，能夠不去嗎？」

「醫生都很省，很小氣的！只想佔廠商的便宜，那會有人要請廠商吃飯啊？恐怕是一場『鴻門宴』吧！」

「太太！別這麼說吧！楊醫師人不錯的！」

「要去，你自己去，我很不喜歡應酬！」

「楊醫師邀請我們全家一起去，妳就一起來吧！去看看什麼健康俱樂部也好！」

王太太很勉強地，放棄週末自主時光，和先生小孩一起去赴了約！

才走進健康俱樂部的lobby，王大為一眼就瞧見楊主任和楊太太！原來他們早一步已先到了！！

「主任好，楊太太，妳好！這是我太太小玲及小孩阿乃！」

「哈！哈！看到你們好高興！來！我先帶你們進去參觀參觀！」

一邊走著走著，楊主任左手一指：「這裏面是三溫暖，右手邊進去是女賓使用，左手轉進去是男仕專用！」

楊主任再指著前面的一片大玻璃：「這裏是健身房，裏面器材好多呢！有跑步機，舉重的，划船的，還有教練隨時進行諮詢！」

楊主任看了一下王大為臉上的表情，心裏頭暗爽！！

一行人到了餐廳坐定後，就有一個身著套裝的女仕出現了！

「王大為啊！我是我妹妹，她在這裏當經理！」楊醫師幫

他們作了介紹！

「妹妹啊！有沒有資料給王先生及王太太看一下吧！」

楊經理拉開一把椅子，也坐了下來！

「王先生，王太太，這裏是我們健康俱樂部的入會資料！像你們一家三口，可以加入我們的家庭會員，入費會只要１３萬，可以使用５年，每個月還有２仟元的基本消費額！」

看著王大為很有禮貌地聽著，楊經理又興致勃勃地講下去：「游泳池，健身房，視聽室都是免費使用，２仟元的基本消費額可以拿來餐廳消費或太太在女賓部做油壓啊！」

王太太這頓飯吃得很不自在，覺得自己像極了「甕中之鱉」！！回去後，王太太也免不了一番抱怨：「我們又不是吃不起餐廳，何必去吃這種一頓值１３萬元的飯局？」

王大為只好放軟身段，安慰太太：「加入也沒關係，反正也可以用啊！拒絕他總不好意思吧！」

最後，王大為花了１３萬，買了一張家庭會員證！王大為本身又不愛運動，總共去不到１０次，至於每個月２仟元的基本消費額就由王太太拼命去做油壓來消耗了，反正不花這些錢也會被從保證金扣除啊！

才一年多，這家優聖美地健康俱樂部就宣佈倒閉了！

王大為這個爛好人，被王太太足足唸了半年！

43

總經理的司機

王大為才下電梯，就看老蔡從外頭走了進來。老蔡是總經理的司機，幫老總開車也有四、五年了！

王大為站在牆角就和老蔡聊了起來！！

「老蔡，好久沒碰到你了！」

「唉！」老蔡苦笑了一下！！

「怎麼了？老蔡！」

「好煩，不想幹了，老總和他老婆倆人真是一對絕配！」

王大為知道老蔡大概需要有人當垃圾桶，所以就默默地聽下去，反正也沒有任何appointment！就當作是休息吧！

「你們和老總不太會有機會接觸，我是他的司機，太了解他了，真不想幹了，反正我家的田地一大片，又不缺錢，我只是不希望每天閒閒沒事做罷了！可是也不想出來受這種鳥氣啊！」

「我是司機，只負責幫他開車，又不是他的佣人，那有這種事，晚上要吃西瓜，竟然還打電話叫我去幫他們買，買好了

還要送去他家，我又不是７－１１！他媽的！」

這回，換王大為苦笑了一下！

「他老婆很難搞，裝得一副嬌滴滴的樣子，脾氣可壞得很呢！」

「老蔡，這部份我倒是時有耳聞，聽說老總新來的秘書也常被她呼來喚去，頤指氣使，活像個下女呢！」

「對啊！他們都自認是美國人，一副高傲的樣子！」老蔡似乎碰到了知音！

「這是一家外商公司，不過，倒像是他們家開的！」王大為一說完，兩人相視大笑！

「總有一天，他要自己開車上、下班！」老蔡向王大為揮揮手，上樓去了！

44

在位最短的總經理

這一季的業務會議選在南部凱撒大飯店舉行。王大為注意到有一張新面孔。看到中部分公司的小徐，就悄悄地打探一下訊息：「啊？那個人是誰？」

小徐大笑不已：「你們在台北的，消息比我們在台中的還慢？」

王大為只好陪笑：「別這樣子嘛！小徐大哥，就告訴我這個晚輩吧！」

「他就是新來的總經理啊！」

「啊！真的！」王大為可嚇了一跳！「怎麼這麼年輕？」

小徐趁機賣了一下關子：「想再了解多一點嗎？」

「當然了嘛！小徐大哥說了就算！」

小徐樂得哈哈大笑！

「因為老總要高升了嘛！台灣分公司總經理的位子當然要讓出來了啊！」小徐繼續淘淘不絕：「這新來的總經理是新加坡人，能力很強，又年輕，親和力又強，以前在 L.L. 藥廠也

待過，聽說風評不錯！」

「嗯！真好！」王大為也覺得新來的總經理很討人喜歡！

在大會開幕典禮上，老總佈達了新的人事案！！然後就由新總經理對大家致詞！！生動的表情，有力的手勢，正面又鼓勵性的英式中文，提振了不少大家的鬥志！！因為他的Style和老總真的不一樣！一個是老的，傲慢的，自負的，一個是年輕的，親切的，平易近人的！！王大為這些三十多歲的年輕人，當然喜歡新來的總經理Patric！

不到兩個月，聽說老總握住很多資料不移交，許多事情很防著Patric，不讓他知道，就這樣，Patric臭著一張臉離職了！

人才，一定有值得他去的地方在等著他！！

45

逛醫院

　　醫院裏的病氣實在太重了，所以老一輩的人常告誡年輕人，沒事不要去醫院。病人聚集的地方絕對是「氣場」最差的地方！！美雪有一次因為急性下背痛，被救護車送進了某家嘉義的公立醫院！！那天晚上她一個人住在病房裏，每當她闔上眼，想睡覺時，枕頭上就有一個男人的打呼聲，因為太大聲了，搞得她只好又睜開了眼睛，一睜開眼仔細看了一下四週，又注意隔壁是否傳來打呼聲，結果是什麼也沒有聽到。又試一次閉上眼，那轟隆轟隆的打呼聲又在她耳邊吵得讓她沒辦法入睡！！最後，美雪只好唸了幾句佛號，然後迷迷濛濛地睡著了！

　　理論上醫院是服務病人的地方，但其實也是許多財團的「金雞母」！！經營醫院就像在經營一家企業，獲取利潤是不變的大原則。醫生、護士、復健師、醫檢師、藥師、行政人員都只是員工！！管理中心會經常性地評估各單位的「人力配置」「營運績效」！！目的無非是想利用最少的人力，創造出

最大的經濟效益！！

醫院像是一座大觀園，有的醫院還擁有可以媲美百貨公司的地下美食街呢！裏面有水果攤，有麵包店，有花店，有書店，有速食業進駐，有coffee shop……形成一個自成一格的生活圈！！裏面應有盡有，可以在裏面住上十天半個月的也不厭倦！

不過，不管如何，醫院還是少去為妙吧！

其實，醫院有其安全上的漏洞，就如近日有一病患因車禍糾紛被人從醫院擄走，打成重傷，不治死亡。電視上只見一名醫師語氣輕鬆地說道：「就像家裏也會遭小偷啊！」

醫院內還有一種看不見的「院內感染」也會威脅病人的安全！

有許多人手術過程順利成功，卻因住院期間受到「院內感染」而不幸死亡。造成「院內感染」的細菌有許多種，每家醫院最主要的致死菌株可能稍有不同。

我們也看過門診小姐對病人服務態度欠佳的例子。在台北C醫院的婦產科門診，我們親眼看到一個門診小姐，對著一個女病人大吼：「上次是不是也是妳！」她吼她，只是因為那女病人說她忘了帶身份證，希望郭醫師的跟診小姐已換人了！

說到婦產科，那時有一位姓徐的醫師剛從美國回來，我們有一位女同事，當時都找他做產檢，曾經婦產科醫師量了一

下孕婦的肚子，說道：「肚子小了點，不過沒關係！」即將生產之前，醫師安排了產婦作Echo，當時技術人員曾尋問產婦：「醫生有沒有跟妳說胎兒有沒有怎麼樣？」，這名產婦剖腹生下了小孩後，才１２天小嬰兒就因先天性心臟病離開了她短短的人生之旅！

一個經驗不足的年輕醫生，一個對自己沒有自信的技術人員，就這樣擺了一道烏龍！！

醫生！我們實在看太多了！！也聽太多了！！所以我們常勸人要認真保養自己的身體，不要把自己的健康全交給醫生作決定。

在業界，我們聽過醫生長腦瘤的，胃癌的，肝癌的，也不乏就這樣子撒手人間的！說真的，醫生再怎麼聰明，醫術再怎麼高超，也有其盲點的！！醫生也是平凡人啊！不必對醫生另眼相看啊！

一般人，醫學常識相當貧乏，一遇到問題就措手不及！甚至任人擺佈！Knowledge is power！！

平日就應該多涉獵健康資訊，在必要關頭或許也可以助自己一臂之力呢！

46

空降部隊

這家大型美商藥廠，最近來了一位「空降部隊」！！說是部隊，可能太誇大了，因為其實只來了一位！這位新主管一來就坐上「Marketing Manager」的位子，本來的Marketing Manager卻被調去業務部門，坐上「Sales Manager」的位子。理論上，一個負責行銷部門，一個負責業務部門，算是平行的主管！但是Marketing說的比做的多，Sales做的比說的多，傳統觀念是，越下階層的人要做越多事，越高階層的人多多說話就可以了！所以難怪徐經理有種被降職的感覺！這個心結在黃經理接了他本來的工作開始，似乎沒完沒了！

黃經理在他本來的公司，因為混不下去了，也可以說過得不快樂，不滿足，所以常打電話來公司向他的大學同學訴苦，他的大學同學，林經理因此常遊說他跳槽，老實說，黃經理一直等了六、七年，確定自己在公司已再無升遷機會，才終於死了心，跳到這家新公司來了！

聽說黃經理身邊沒有共事超過5年的同事！！他是那種

踩著別人的屍體往上爬的人，工於心計，和他同時期進公司的人，早就一個一個被他設計走了！！因為這樣一來，在有升遷機會時，他是唯一一個被列入考慮的人選！

在他後來被interview進公司的人，只要有人稍微露出一點「企圖心」或行事作風很強勢的人，也會被他擺一道，想辦法把他趕走！！

古代的皇帝身邊，活得最快樂的不就是那些懂得奉承巴結的奸臣嗎？而那些勇於作事，勇於承擔責任，卻不慎拂逆了上意的忠臣，不是都得不到好下場嗎？

皇帝的身旁，不要那些具「威脅性」的人存在！！

黃經理為了保護自己的工作權，為了讓自己一路平步青雲，不惜在背後捅人一刀。後來在公司上班的人，年資和他差距頗大，說真的，根本不具威脅性了！不過，也因為公司內新人過多，他經常還要跳下來身兼中生代應該傳承的任務！只是，他樂此不疲，因為他喜歡這種「被需要」的感覺！

黃經理同時也是一個善於邀功的人！！下面的人努力的結果，他通通攬在自己的身上，但是如果那件事沒有處理好，他絕對指名道姓，明確地說出是誰該負責！公司常常在應徵新人，黃經理年資已超過１３年了，他的直接下屬年資只有四年！一來，他不喜歡有人對公司內部機密了解太多，二來，他不喜歡有人看透了他！最好的方法，就是斬草除根，去之而後快！

不過，這種手段用久了，最後會傷到自己！！因為那些了解市場動向的人都跳到別家公司任職了，他的消息來源已經斷了，最後也作不下去了，在任職滿１５年時，找個藉口溜到新公司去了！

新公司的員工，也在冷眼旁觀，等著看他的好戲，看他這隻老狗能變出什麼新把戲！

不虧是個「冷面笑匠」，第一個月，他安排和員工聚餐，唱歌，聯絡感情，觀察每一個人的style，就是絕口不提工作上的事！！他要降低員工對他這位新主管的防備心，他約談每一個員工，鼓勵他們和他一起打拼，期待有一天共同分享成功的榮耀！

這只是「暴風雨前的寧靜」，事實上，他正準備大刀闊斧！他要在新公司開創自己的第二春！藥界的風聲可跑得比風還快呢！公司內早就風聲鶴唳！知道來了一個風評並不好的人，也有人早就作好心理準備，到別家公司去鋪路了！

在他椅子稍微坐熱了之後，他公佈了第一個新的人事命令，他把四個產品經理中的一個，黃光輝，擢升上來當Group Product Mapager！把黃光輝本來的產品線分給了其他三人！黃光輝爽死了，其他三人的工作loading增加了，當然極度抱怨！不過，黃光輝很感謝黃經理的提拔，從此死心塌地，任何風吹草動，一絲一毫毫不保留地都會打報告給黃經理！黃光輝並不

是四個產品經理中，年資最深的，大概和黃經理是本家吧！但是其他三人從此聯合成同一國的，吃飯時，故意不邀黃光輝同行，因為他們中午吃飯時間，要互通一下有無，討論一下新主管的作風，這部份不需要和黃光輝分享吧！

黃光輝也只是一著棋子，黃經理以為從此有一個「書僮」可以供使喚，沒想到黃光輝越來越沒有利用價值，既沒有獨立負責的產品線，其他三位本來平行的同事，也對他的命令虛與委蛇！

很快地，看著黃光輝越看越膩！！黃經理正苦思著要如何處理這個味同嚼蠟的黃光輝！！剛好，有一個業務代表離職了，黃經理差黃光輝先去填補這個空缺，既可符合「遇缺不補」的大原則，又可以直接控制那三個產品經理，少一個黃光輝在中間礙手礙腳的。黃光輝忍耐了２個月，終於在別家外商公司找到了一個產品經理的缺，也迅速辦理了離職手續！！他可不想在這家公司再忍受三年，等那筆「做滿１０年才能領到手的離職金」！！

47

麻雀變鳳凰

Alice已年過半百，跟在總經理身邊已有八、九年了！！在公司要成立人事部門時，她成為首要人選，當起了人事部的經理！！女人年紀一大，女性賀爾蒙漸漸減少，就越來越像「男人婆」！

古有慈禧太后垂廉聽政，歷史有明訓，老女人愛掌權！

自從有了人事部門後，整間公司像是女人主政！！離職率大約有５０％吧！她喜歡的人，很快就會當上經理，她不喜歡的人，就放在冰宮一陣子，讓員工受不了了，自動離職！

各部門的主管也都敬畏她三分呢！聽說她當總經理秘書時，常被罵得狗血淋頭，暗自啜泣呢！好一個麻雀變鳳凰呢！！最近也常看她參加業務部門的會議，對於不懂的狀況，她會一再詢問！很Aggressive地想滲透到公司的每一個角落！！這種手法和總經理過去的管理方式很像，聽說……因總經理替美國總公司賺了大把大把的銀子，美國總公司想把老總擢升為大中華圈的主管，而Alice有望接下他留下來的空缺！「歐巴桑」領軍的這家藥廠，業績也不會太差的啦！反正台灣人那麼愛吃藥！

整人遊戲

　　奶粉部門來了一位年輕且充滿幹勁的新主管，總經理帶著新主管到各部門拜會，我們一見，原來是以前所服務公司的老同事呢！！他在原來的公司已準備好了足夠的資歷與歷練，利用跳槽的機會來此高昇！成為一人之下，萬人之上的處長。

　　就我們對他的印象，笑口常開，從來不會得罪別人，而且努力工作，也很願意就其不懂之處請教同事。所以看他來公司當上高階主管，也很替他高興呢！確實，那天乍見他，可是意氣風發呢！知道他正準備一展長才，把他的能力完完全全貢獻給這家公司與視之為「千里馬」的「伯樂」－老總！

　　才一年半載，在一次主管會議中，只見他獨自一人坐在角落，臉色很難看，也沒有人去睬理他！！意氣風發已不復見，取而代之的是落寞與難堪。偷偷地問了阿祥，才知道他們部門的處長現在已不是處長，已由總經理送了另一個title給他，只要自己管好自己就可以了，換言之，以前的部屬都可不必再甩他，他也沒有秘書可以用了，地下室停車位也被收回來了！！

換句話說，他現在住在「冰宮」了！這冰宮可真的好冷咧呢！孤獨，寂寞，難堪，羞辱，孤立無援，也沒有一個人要和他說話了！對於一個事業心這麼強的男人而言，對於一個本來權杖在握的男人而言，真是生不如死啊！他在忍受了半年的羞辱後，終於又找到了一個高階的工作，而掛冠求去！由於他的位階很高，要再找到一個滿意的工作需要一些時間的，並不是像一位奶粉部門的業務代表，隨隨便便都找得到空缺！他又不能說不幹就不幹，男人要養家啊！騎驢找馬是唯一的選擇啊！

　　總經理有一句名言：「公司裏沒有那一個人是不可替換的！」確實，用點小技巧，就可以把不喜歡的人踢走，或者是說，讓他自己摸摸鼻子離開吧！何必像美國惠普公司（ＨＰ）執行長菲奧莉納（Carly Fiorina），被趕下台還要付她６．６億台幣的離職金呢！

49

人往高處爬

藥廠的業務人員,流動性很大!!大多數人離開這份工作的原因是:不想看人臉色!有辦法的人轉往內勤任職,至少只要應付直屬上司即可!把份內的工作作好,刮風下雨我都不怕,在公司內部與公司高層較常碰面或一起開會,較易培養感情!而業務人員在外頭奔波忙碌,或許一個星期只回公司1、2次,上司會有「不易掌握」的錯覺,就算你每天在醫院忙上10個小時,主管也沒有感覺,以後有升遷機會,他也不會留給你!!

還有一點,平均一個業務人員可能認識1、2百個或2、3百個醫生,如果一天之中,有一個麻煩的醫生浪費了你半天的時間,那麼接下來的半天,你所能作的事就受限了許多!每天累得像一隻狗,沒有正常上、下班時間,有時候開車在高速公路上奔波,甚至要犧牲自己的週末假期,只因為你答應了某某醫生要送他去機場,或是答應了某醫生要和他去打高爾夫球!

　　不過，這種努力或服務都是很短暫的，很快地，你就會厭倦這些所謂的「服務」，因為這些行為像在替人打雜，對自己的專業或工作能力是沒有幫助的！不過，從另一個角度來看，一個人如果肯學習「放下身段」或許在日後遇到挫折時，更能沈得住氣吧！從事業務工作，對人生而言，何嘗不是一種值得紀念的磨練呢！！

50

住院醫師的「學習護照」

一般人可能分不太清楚，什麼是住院醫師，什麼是主治醫師，如果告訴你住院醫師代表較年輕，較沒有臨床經驗，是還在接受訓練的醫師。而主治醫師是已接受了四至五年臨床訓練，並已考取專科醫師執照的醫師，請問你，願意找住院醫師看病呢？還是較願意找主治醫師看病？或是覺得都無所謂？

有一所醫院，為了讓住院醫師的訓練內容及品質標準化，特別將３００坪的教學部，規劃成「臨床技能訓練中心」。期待紮實住院醫師的訓練，而其訓練內容，將有一本「學習護照」可供check，以確保沒有「漏掉」的項目。而現階段醫學教育中所較欠缺的人文關懷、溝通技巧、決判能力及醫學倫理，也將加強！！

希望醫療體系，能由過往所發生的事件中得到教訓，及設定改進的方向，以期待未來會更好。卸下舊有的不良包袱，建立嶄新、光明、公開的醫療制度，放棄功利導向，改善醫病關係，對份內工作多用點心，不要只會開藥，多學習一些新觀

念，放下高傲的姿態，成為真正服務病人的好醫生！不過，這一切都需要時間！

51

老鳥與菜鳥

藥劑部辦公室。

今天辦公室裏除了部主任、科主任、總藥師、一名女事務員之外，又多了十來個廠商。比較「嫩」的廠商，手上才會提個「禮盒」！！已變成「老狐狸」的廠商，早就自信滿滿，西裝筆挺，手上連個資料袋也沒有，只有小包包隨身帶著！

內行人都知道，不要只會跑門診，call醫生，這裏也是很重要的！尤其要進「新藥」時，所有的藥品資料都要匯集在此，等正式通過藥事委員會後，醫院才會正式採購！藥品沒有進入醫院，就沒有所謂的promotion。沒有銷售的動作，也就沒有業務代表在院內流竄！近中午時，會有三三兩兩的業務代表，等在門診外面，想要在醫生下診時和醫生talk一下！！這些業務代表大多年輕，身材苗條，有男有女，男的一定穿西裝，女性大多穿套裝長褲！！手上提個公事包或美麗的手提包！

從事藥品業務代表的男男女女，大多精力充沛，充滿了企圖心，對「數字」具高度敏感性！尤其在月底要衝業績時，更

是有放手一博的鬥志！業務代表有一個共通性就是會把個人的好惡埋在心裏，表面下永遠是充滿了笑容！！

「不得罪人」是一條信念！

「任勞任怨」是另一條信念！！

這天，這些準備進新藥的廠商們，無不卯足了勁要再度確認他們的藥品是否已排入會議議程中。萬一一個閃失，就只好等下次了！

「主任，今天下午我開車送您回去吧！」小吳是某家外商藥廠的經理，常常來等部主任下班，以便開車送部主任回天母的家！部主任為人很客氣，沒有架子，以一位高規格的部主任而論，他頗討人喜歡的！

業界一直流傳一個謠言，傳說部主任和一個姓賴的單幫客過從甚密，兩人是「魚幫水，水幫魚」的關係。有時候，部主任也不避諱地和賴先生共同進出！！知道內幕的人也都三緘其口，畢竟在某個程度上，這是屬於私人領域！！自古以來，「靠山吃山，靠水吃水」，英雄恐怕難過「美人關」與「金錢關」！！

賴大哥是一個很有自信的人，雖然是一個單幫客，但是總是擺出大老板的派頭，開的是賓士300黑色進口車！！對其他藥廠的小角色，根本連正眼也不屑看一下！因為憑藉著和部主任多年的交情，早已達到呼風喚雨的境界！！他也不需要向其

他廠商打探消息，反而很防著其他廠商！！因為他可以「直達天聽」呢！

辦公室裏的人知道他頗有一手，因此也都對他客客氣氣的！！而他不虧是一隻老鳥，不但把部主任服侍得有如太上皇，對其他人也都施予小惠，絕對不會犯了一些菜鳥容易犯的錯，像是「大小眼」「看走了眼」「投資錯誤」等！

老實說，部主任最喜歡坐他的賓士車了，舒服嘛，cushion又好！至於一些菜鳥的國產車，是「無魚蝦嘸好」的次要選擇了！！國產車，跑得慢，但總比自行坐交通車快多了！！

52

全民健保・全民監督

就像在野黨要監督執政黨一樣。全國民眾也應該有責任「監督」全民健保局。不知道有那一家保險公司開到賠錢，關門的？侯勝茂說：「民眾是健保的顧客，醫界也是」，民眾交了健保費，就是消費者，如果得不到合理的「服務」，就應該大聲叫出來。總不能因為健保局經營不善，卻把「責任」下放給全國民眾，由大家來買單吧？侯勝茂要求健保局今年要做到一百億元的節流，我們可以拭目以待！

真的很羨慕健保局的三千三百名員工，健保都已破產了，竟然還有年終獎金可領？也難怪那些生存不下去的地區醫院，在去年立委選舉前集體上街抗爭，抗議健保點值給付太低。相對而信，有人還在吃香喝辣，有人卻已快活不下去了！

健保局擬妥六大節流目標：

1. 加強醫院違規稽核

2. 監控藥價差

3. 合理調整醫院支付標準

4. 降低民眾就醫次數

5. 減少重複檢查

6. 提高欠費回收率

這些項目中最快看到成果的就是「監控藥價差」及「合理調整醫院支付標準」！！

2002年年底，陳定南赴立法院司法委員會備詢，承諾要調查「藥價黑洞」的問題，調查了2年多了，不知道有沒有進展？我們也建議藥價審議委員，應該要懂得「利益迴避」，而且也應該定期更新委員名單，在一個位子上坐太久，一來欠缺新陳代謝，二來會失去幹勁，三來也容易和「利益團體」成為好朋友，有一些過度與不當的交情！！

「開源」之前必先「節流」，以防止不當的「漏財」！

台灣的藥品市場，養活了多少人呢？外商藥廠很重視台灣這塊「美麗之島」！光看各藥廠高階主管每年度的分紅，就令人咋舌！

各藥廠無不卯足了勁，要業務代表到醫院全心全力推廣藥品，其實這裏面有太多的東西，根本就是「味素藥」，意思就是說，根本可以不用吃！藥廠要業績，業務代表要業績，業績就是利潤，就是金錢，就是獎金！很多西藥廠的業務人員，本身根本不敢吃藥，遇到感冒，還不就是多喝溫開水，多休息，那些抗生素是賣給病人吃的，懂得自我保健的人根本不碰那些東西！！

「別人的孩子死不完啊！」

53

醫生要自律，病人也要自律

　　有一個朋友不小心被摩托車撞到肚子，除了驚嚇過度外，說真的，實在沒啥大礙！！不過，救護車還是把她送到M醫院。醫生堅持要開三天份的肌肉鬆弛劑給她，被她斷然拒絕了！回家後幾天，她覺得心情已漸平復，打電話去醫院要取消超音波檢查！電話那頭的小姐一直問她：「為什麼要取消？」我的朋友很堅定地一定要取消，才把電話給掛了！不到一分鐘，手機響了，醫院的小姐跟她說：「如果妳那天沒空，我再幫妳安排其他時間！」真是緊追不捨啊！不知道醫院搶病人已到這步田地了？

　　醫院要業績，醫生要業績，多做些不必要的檢查，多開些不必要的藥品！反正這些「消耗」，回頭再向健保局請款！

　　不過，也有一些很有良心的好醫師，會在門診時對病人進行「衛教」！吃藥並不會讓你的身體變好，只有養成良好的飲食習慣，養成運動的習慣，才能促進自身的健康！

　　不過，這些醫生也坦承：「吃力不討好」！！一來要花比

較多的時間和病人溝通，二來病人沒有「免費藥」帶回去，下次可能就不來了！病人心目中的好醫生是：「給我一大堆藥，划得來！」下次，爺爺、奶奶感冒了，沒關係！櫃子裏還有一堆我上次帶回來的藥！哈！哈！

醫生要自律，可以替健保局省下不少錢！病人要自律，也可以替健保局省下不少錢！！全民健保真正要照顧的是那些慢性重症病人！可不是為了要治療「感冒」「肚子痛」啊！

民眾要改掉「貪小便宜」的壞習慣！去醫院，並不一定要帶「伴手」回家！遇到小毛病，如果對自己的保健知識沒把握，可以就近在診所或小醫院找醫師諮詢一下，遇到重大的毛病，診所醫師設備不足或沒把握提供適當醫療的，一定會把病人轉診到合適的醫院的。大醫院的醫師派頭比較大而已啦！診所或小醫院的醫師比較親切，而且也比較節省我們寶貴的時間呢！！

易地而處

英文有一句說：「穿上別人的靴子」，意思就是說，站在別人的角度，替他人想一想！醫生也是一樣，唯有自己大病一場，才知道病人的痛苦！

醫生這個圈子，因癌症死亡的，並不在少數！！根據報導，每四個人中就有一個癌症患者，當然，醫生並沒有被摒除在外！！

醫生更容易因對自己的「專業」過於自信，不易接納別人不同的看法，而使自己的人生失去很多機會！！

我認識一個老伯，兩個兒子都是醫生，但是從他發現罹癌到過世只有短短的一年半！有許多狀況，醫生是「束手無策」的！！這兩個兒子中，其中一個本身還有高血壓呢！醫生的養生保健知識比一般人更差！

養生保健還是要靠自己，每天一點一滴地投資！

有一個姓許的醫師，發現罹患了大腸直腸癌第三期後，才開始選擇「自然療法」提高免疫力，過正常生活，改吃生

機飲食。

這些動作，是平日就要做的，實在不必等發現癌症後才開始做！

所以說呢！人就是這樣，「不見棺材不掉淚」！！

非得要生病了，才知道要過正常的生活，不可以熬夜，注意飲食，多運動，定期進行淋巴排毒。不過，生過大病的醫師對待病人更易「感同身受」！

「視病猶親」也才不只是一句口號！

55

當個高素質的好病人

終於，聽到了一個好消息！

健保局決定砍１２００項常用藥。歐美國家的民眾，很習慣利用成藥或指示用藥來解決一些平日的小毛病！不過，台灣民眾積習太深，總習慣去醫院拿些「免費」的藥品回家收藏！現在，就算你還是要上醫院，那些家庭常備用藥可要自行掏腰包了！

臨床醫師很擔心在門診要和病人吵架了！

「以前不用錢的，現在為什麼要花錢呢？」這大概是病人的第一個反應吧！

為了落實健保的真正美意，這些「陣痛」是一定要經過的！學習當個高素質的好病人啊！不要在門診和醫生吵架啊！！否則醫生開處方用藥給你，對你更沒好處啊！！表面上，你又可以拿到「免費」的藥品，但實際上吃虧的是你自己的健康啊！

藥廠也正在密切注意，觀察藥品市場這塊大餅，會不會因

健保局砍了指示用藥而增加了公司處方用藥的業績呢！

　　台灣民眾欠缺的是自我保健的觀念。「健康」是掌握在自己的手上，不是在醫師的手上，也不是在健保局的手上。

　　指示用藥將自費，據報導一年可省下約二十三億元！希望健保局做好財務規劃！！不要把自己的「無能」分攤給民眾「Share」！

醫師的辱罵

又見醫師上了社會版的新聞！！小兒科S醫師找不到小孩子的血管，不耐煩且拂袖而去，事後態度更是囂張，拒不道歉！醫院高層永遠用這種字眼來解釋一切：「XXX醫師EQ不好！」然後一切又船過水無痕！當然，這些一而再，再而三的事件都可解釋為偶發，卻也是冰山之一角啊！

醫師是很自負的一群人！！自以為是！高傲，目中無人！！學歷並不等於品德！！我有一群朋友，沒有一個人喜歡醫師的！那天，運氣不好，才會勉強自己去醫院和醫師打交道。醫師的素質、水準似乎有下降的趨勢！！倒是老一輩的醫師還挺令人懷念的！

醫師在工作時，所能找到的最佳出氣筒就是病患或是病患家屬了！醫師不爽醫院的制度，不爽主任的作為，不爽那張值班表，不爽業績分紅制度，他能跑去罵院長，罵主任嗎？

唯一能讓他大吼大叫的就只有來煩他的病患了！不要把一切錯誤的行為都歸罪於「EQ」，S醫師應該去抽血檢查

一下是否電解質不平衡，才會有這種暴怒，無法自我控制的行為？？再去精神科諮詢一下，是否過去的生活有一塊「陰影」，一直揮之不去，才造成今天再一次犯錯的行為呢？精神科醫師可以幫忙釋壓，會開些藥，不過接受治療要有耐心喔！反正Ｓ醫師工作地點就在醫院，少掉了病患所要承受的「舟車勞頓」！

57

黑箱作業，難取信於民

　　健保局總經理這位子可不好坐啊！每回健保局一有新聞見報，總引來醫界人士大力抨擊！！才主動釋出利多消息，健保局總經理馬上被批評，「欺上瞞下」「討好上意」！！真是沒面子，還被要求下台呢！

　　「藥價黑洞」一日不解決，財務問題不透明，健保問題永遠吵不完，也永遠解決不了！！「藥」就是「錢」，利用這塊園地大賺其錢的人太多了，健保局似乎成了「過路財神」，專門替一些鑽法律漏洞的利益團體洗錢！右手強制全民繳交健保費，左手就奉上近１０分之一給大財團，真是奇怪了？人家可是靠健保賺翻了，就只有你健保局叫窮！！又想利用公權力提高民眾的健保費，希望健保局這些高官們好好反省一下，不要光講一些「政客」的語言，多做些事，去跟大財團醫院「請教」一下，他們是怎麼搞出一個「大黑洞」的？

　　報上曾刊載一個報導，標題就叫做「健保１０周年，全民大家談」，其中只有一個民眾用積極正面的態度回應此事，其

他就貶多於褒了！政府官員應多注意傾聽民眾的聲音，可不要視而不見，聽而不聞啊！還好白色恐怖時代已遠去，這些發表意見的民眾，可都是用全名刊在報上呢！言論自由！更何況我們都是繳交保險費的消費者與顧客呢！

有那一個官員有這種膽識去破解這些「黑箱內幕」？

繼續節衣縮食

為落實節流，健保局打算回歸健保法三十九條規定，取消承襲公勞保時代一直給付到現在的一千二百多項給付指示用藥！一年下來，可節省二十三億元，不過，這部份也只佔總藥品給付的2.3％。

請健保局繼續努力，繼續節衣縮食，還有太多品項可以砍的！醫生開抗生素是否過於浮濫？只是小感冒，根本不必吃抗生素的，民眾無知，醫生就應該「教育」民眾，而不是為了醫院業績，不是為了討好病人，以致浪費了健保局的資源又讓無知的民眾吃了不該吃的藥！

解決問題，要大刀闊斧！為人所不敢為！只在一些小事件上轉來轉去，既浪費時間也無濟於事！

再重新檢討一下藥品給付價吧！外國商會，利益團體，各藥廠都希望健保給付價越高越好，如果不到期望值，這些利益團體就會去申訴或抗議，不過為了「全民利益」，該砍的還是要砍啊！藥廠應該節撙下來的是浮濫的交際費，而不是向健保

局哭窮！藥廠省下交際費，也可以讓許多喜歡吃、喝、玩、樂
的醫師下了班早點回家！更不會讓許多醫生假借名目向廠商索
討「回饋金」！

肥了醫院啊！

　　消基會一向為民喉舌，是形象最佳的社會團體。針對健保局決定七月起不再給付10大類，1200項指示用藥一事，跳出來抨擊此舉真是「莫名其妙」。認為將會「懲罰病人，肥了藥商」！

　　其實真正嘉惠的是醫院——最大的利益團體。一般看病程序是拿了醫生的處方箋去批價，付費後再去藥局領藥！現在因有部份藥品要自付，所以病人要多繳些錢！一顆進價２毛錢的藥品，醫院可以賣給病人２元，利潤１０倍！所以這個政策真正創造出來的利潤空間應該是屬於醫院的，利潤也可以設定為１５倍、２０倍啊！

　　台灣人習慣相信醫生！醫生開出來的order，不拿又不行！所以現在醫院可有得玩了！一部份藥品向健保局Ａ錢，一部份向病患Ａ錢！醫院、診所進的是供調劑用的大瓶裝，一顆藥確實只有幾毛錢！而一般坊間的的藥局進的是包裝較漂亮的隨身包，因為包裝不同，通路不同，進價當然不一樣了！坊間的藥

局可能進價在４元左右，賣１０元一顆！利潤可比不上醫院的藥局啊！

　　為什麼台灣人那麼喜歡吃藥？？多攝取新鮮蔬果，勤運動，多注意保養才是正本清源之道啊！何必讓健保局，醫院，藥商把我們牽著鼻子走啊？

　　過個幾年，等民眾習慣直接上坊間藥局買成藥或指示用藥，藥局生意也會更旺的！

60

我不藥黑洞

　　我不藥黑洞，你不藥黑洞，他也不藥黑洞！拿人民的血汗錢去填補這黑洞，苦的是我們這一群平凡的小老百姓！！黑洞愈大，醫院越賺錢，黑洞越大，藥商越賺錢。此黑洞的形成，健保局難逃其究！連某政府官員都說「藥價黑洞主要是出在結構性問題」，為什麼這麼多年過去了，健保局不去調整「結構性問題」，只一昧地想調整健保費？

　　民眾，可別讓您的權利睡著了！

　　希望十年後，我們還可以看到這樣的報導～健保20週年全民大家談～

國家圖書館出版品預行編目

我不藥黑洞 / 黑木瞳著. -- 一版.

臺北市：秀威資訊科技, 2005[民 94]

面 ； 公分. – 參考書目：面

ISBN 978-986-7263-32-2(平裝)

857.63　　　　　　　　　94007792

 語言文學類　PG0057

我不藥黑洞

作　　者 / 黑木瞳
發 行 人 / 宋政坤
執行編輯 / 魏良珍
圖文排版 / 劉逸倩
封面設計 / 莊芯媚
數位轉譯 / 徐真玉　沈裕閔
圖書銷售 / 林怡君
法律顧問 / 毛國樑　律師
出版印製 / 秀威資訊科技股份有限公司
　　　　　台北市內湖區瑞光路 583 巷 25 號 1 樓
　　　　　電話：02-2657-9211　　傳真：02-2657-9106
　　　　　E-mail：service@showwe.com.tw
經 銷 商 / 紅螞蟻圖書有限公司
　　　　　台北市內湖區舊宗路二段 121 巷 28、32 號 4 樓
　　　　　電話：02-2795-3656　　傳真：02-2795-4100
　　　　　http://www.e-redant.com

2005 年 4 月 BOD 一版
定價：210 元

讀 者 回 函 卡

感謝您購買本書,為提升服務品質,煩請填寫以下問卷,收到您的寶貴意見後,我們會仔細收藏記錄並回贈紀念品,謝謝!

1. 您購買的書名:_____

2. 您從何得知本書的消息?

　　□網路書店　　□部落格　　□資料庫搜尋　　□書訊　　□電子報　　□書店

　　□平面媒體　　□ 朋友推薦　　□網站推薦　□其他_____

3. 您對本書的評價:(請填代號　1.非常滿意 2.滿意 3.尚可 4.再改進)

　　封面設計____　　版面編排____　　內容____　　文/譯筆____　　價格____

4. 讀完書後您覺得:

　　□很有收獲　　□有收獲　　□收獲不多　　□沒收獲

5. 您會推薦本書給朋友嗎?

　　□會　　□不會,為什麼?_____

6. 其他寶貴的意見:_____

_____

_____

_____

讀者基本資料

姓名:_____　年齡:_____　性別:□女 □男

聯絡電話:_____　E-mail:_____

地址:_____

學歷:□高中(含)以下　　□高中　　□專科學校　　□大學

　　　□研究所(含)以上 □其他_____

職業:□製造業 □金融業 □資訊業 □軍警 □傳播業 □自由業

　　　□服務業 □公務員 □教職　　□學生 □其他_____

(請沿線對摺寄回,謝謝!)

秀威與 BOD

BOD（Books On Demand）是數位出版的大趨勢，秀威資訊率先運用 POD 數位印刷設備來生產書籍，並提供作者全程數位出版服務，致使書籍產銷零庫存，知識傳承不絕版，目前已開闢以下書系：

一、BOD 學術著作—專業論述的閱讀延伸
二、BOD 個人著作—分享生命的心路歷程
三、BOD 旅遊著作—個人深度旅遊文學創作
四、BOD 大陸學者—大陸專業學者學術出版
五、POD 獨家經銷—數位產製的代發行書籍

BOD 秀威網路書店：www.showwe.com.tw
政府出版品網路書店：www.govbooks.com.tw

永不絕版的故事・自己寫・永不休止的音符・自己唱